Retourschip De Liefde

Ander werk van Tomas Lieske

Littéraire Witte Prijs 2012

De ijsgeneraals (gedichten, 1987)
Een hoofd in de toendra (essays, 1989)
Een tijger onderweg (gedichten, 1989)
Oorlogstuinen (verhalen, 1992) Geertjan
Lubberhuizenprijs 1993
Grondheer (gedichten, 1993)
Nachtkwartier (roman, 1995)
Gods eigen kleinzoon (verhalen, 1996)
De achterste kamer (verhalen en beschouwingen, 1997)
Franklin (roman, 2000) Libris Literatuur Prijs 2001
Stripping & andere sterke verhalen (gedichten, 2002)
Gran Café Boulevard (roman, 2003)
Mijn soevereine liefde (novelle, 2005)
Hoe je geliefde te herkennen (gedichten, 2006)
vsb Poëzieprijs 2007
Dünya (roman, 2007)
Een ijzersterke jeugd (novelle, 2009)
Alles kantelt (roman, 2010)
Haar nijlpaard optillen (gedichten, 2012)
Door de waterspiegel (roman, 2014)

Tomas Lieske

Retourschip De Liefde

Amsterdam · Antwerpen
Em. Querido's Uitgeverij BV
2015

Voor het schrijven van *Retourschip De Liefde* ontving de auteur een beurs van het Nederlands Letterenfonds.

N ederlands
letterenfonds
dutch foundation
for literature

1

In de gewelddadige warboel van mijn vroege jeugd zat geen enkele logische volgorde. Geen flauw idee wanneer mijn vader precies begonnen is met die ruzies. Urenlange ruzies. Hij hield het zo lang vol omdat hij dat driftige slaan afwisselde met nors zwijgen en schelden. Ik herinner me een avond dat ik nog niet naar bed was en dat ik zag dat hij mijn moeder aftuigde. Zoiets had ik nog niet meegemaakt, maar als kind heb ik mijn moeder ook daarvoor niet anders gekend dan met blauwe plekken en met dichte ogen en huilpartijen die maar niet wilden ophouden. Ik moet doodsbang geweest zijn voor mijn vader. Vóór die avond al. Maar vanaf dat moment is die angst er door hem onuitwisbaar in gebeukt, ook al heeft hij mij die avond met geen vinger aangeraakt. Dat moet geweest zijn rond 1986 of 1987; ik was vier of vijf jaar oud. We woonden toen in een kubus, even breed als diep als hoog. Een taartdoos van twee verdiepingen en een plat dak, kleine voortuin, kleine achtertuin. In die achtertuin stond een smalle schuur en tegen de achterwand een rij konijnenhokken. Die hokken waren geplaatst op palen, zodat je ze gemakkelijk schoon kon houden en de beesten kon verzorgen. Waar de ruzie over ging of wat mijn vader duidelijk probeerde te maken: onverstaanbaar. Hij ging steeds harder schreeuwen en toen, terwijl ik stijf van schrik toekeek (zo is het me later door mijn moeder verteld tenminste), gooide hij zijn eigen lievelingsglas tegen de muur kapot. Ik heb mijn ogen dichtgedaan omdat ik bang was scherven in mijn gezicht te krijgen, zo stel ik me dat voor. Of ik heb me een tijdje verstopt achter een stoel of een deur, dat is ook mogelijk. In elk geval is het volgende beeld dat mijn vader en moeder aan het vechten waren. Mijn moeder probeerde haar hoofd te beschermen met haar handen terwijl mijn vader haar in het wilde weg sloeg. Ik kan me niet voorstellen dat mijn moeder probeerde terug te slaan. Óf mijn moeder óf ik gilde oorverdovend en dat had succes. Mijn vader liep de kamer uit, struikelde en sloeg de deur naar de tuin open. Door het raam zagen we hoe hij eerst hard tegen de schuur aan schopte en toen tegen een paal waar de konijnenhokken op stonden. En ja hoor, de rij konijnenhokken zakte scheef, kwam los van de achterwand en viel voorover. Van sommige hokken braken de deuren en het achterste hok, het meest rechtse, spatte helemaal uit elkaar. Drie, vier konijnen sprongen de tuin in en probeerden zich voor de woede van mijn vader te verbergen of in elk geval uit zijn buurt te blijven. Zelfs de konijnen, die hartstikke doof waren, begrepen hoe gevaarlijk die woede was.

De volgende dag moest mijn moeder de konijnen

verzamelen. Ze scholen achter de schuur, zaten onder de jasmijnstruik en in de tuin van de ongetrouwde juffrouwen naast ons. Uit pure nood moesten ze met twee, drie tegelijk in een veel te klein hok. Mijn vader zat in de kamer, zei niets en las in oude kranten.

Hoeveel tijd zat er tussen de eerste en de tweede keer dat ik zoiets meemaakte? Een week? Een maand? Veel langer? Aucune idée. Als ik mijn moeder mag vertrouwen, had mijn vader een of twee keer per week zo'n bui. Toen ik eenmaal begreep wat er ging gebeuren, stopte ik vlak ervoor mijn vingers in mijn oren en ik bleef keihard de begintune en de stemmetjes van Vrouwtje Theelepel schreeuwen. Tot ze me opsloten in de keuken. Als mijn moeder niet snel genoeg was, sleurde mijn vader me naar de keuken en gooide me naar binnen. Hij trok me voort aan mijn gouden lepeltje, want ik had mezelf veranderd in Vrouwtje Theelepel omdat die alleen maar leuke dingen meemaakte. Nu nog hoor ik mijn moeder gillen dat hij in elk geval dat kind met rust moest laten.

De periodes tussen zijn driftbuien werden steeds korter. Mijn moeder moest steeds meer lappen omhangen om de bewijzen van zijn tirannie voor de buren en de winkeliers te verbergen. Als mijn vader vroeg in de avond met zijn elleboog van de tafel knalde, dan begon het. Nog steeds, terwijl ik al een fashionista ben van bijna dertig jaar, zijn er lange periodes dat ik beroerd slaap, dat ik niet lang achter elkaar kan doorslapen. Dat zijn de periodes waarin de evil witches me 's nachts terugvoeren naar mijn eerste acht jaren. Mijn hele jeugd heb ik me van tijd tot tijd in een kast verstopt.

Toen ik een jaar of zes, zeven was, is mijn moeder met mij naar een vrouwenopvang gevlucht. Mijn vader kreeg een gerechtelijk verbod bij mijn moeder of bij mij in de buurt te komen. Zo is het me verteld. Ik heb geen enkele behoefte na te gaan hoe dat toen precies gelopen is. Of hij zich aan dat verbod gehouden heeft. Hoe snel mijn moeder zich hersteld heeft. Naja, wat heet hersteld? Wanneer ze precies gescheiden zijn. Ik ben verder opgevoed in een tehuis. Ik ben een zogenaamd vergeten kind.

De beginperiode in het opvangcentrum en de verhuizing naar het tehuis zijn voor mij zwart. Mist. Vlekken. Nauwelijks beelden van het opvangcentrum: een grote zaal, smerige toiletten, lawaaierige kinderen, dat is het zo'n beetje. Van mijn aankomst in het tehuis staat me bij dat mijn arm en hoofd in het verband zaten. Mijn arm was gebroken en onder mijn oor was zonder enige aanleiding een bult zo groot als een pingpongbal gegroeid. Een vriendelijke dokter sneed hem open en dat moest enkele dagen voor ik in het tehuis kwam gebeuren, want precies toen was hij rijp. Dus droeg ik verband. Later zeurde iedereen tegen mij over dat kind met haar kop in het verband. Ja, ja, dat was ik.

De gangen van het tehuis hebben me al die jaren dat ik daar woonde overdonderd; altijd heb ik het gevoel gehad dat ik daar verloren liep. De zwart-witte ruitpatronen van de tegels op de vloer. De zware deuren met het dikke glas. De vaalgele vierkante pilaren waar de bogen van het plafond op uitkwamen. Overal pilaren, boog na boog na boog, plafonds met kathedraalsgewijs gekruiste ribben. De ossenbloedrood en korengeel gekleurde tegels in de gangen. De brede trappen naar geheime verdiepingen. De gruwelijke degelijkheid en het altijd perfect onderhouden en geschrobde en opgeglansde gebouw. Hier golden tucht, stilte en gehoorzaamheid.

Leefden in dergelijke tehuizen ook normale kinderen? Kon je hier een maaltijd krijgen? Waar werden die kinderen dan uitgekleed en in bed gelegd? Organiseerde de leiding douchebeurten? Hoe moest je erachter komen waar de lessen gegeven werden? Allemaal vragen die in de eerste week door mijn kop ratelden.

Kalm toch, rustig. Natuurlijk is alles geregeld. Zo moeten ze tegen me aan gekletst hebben.

En dan tussen al die donkere dagen een flitsende heldere ingeving, waardoor ik van kaduke kooimuis veranderd ben in een menselijk kind. Een besluit dat mij in al zijn facetten en in heel zijn polonaisesfeer glashelder bijgebleven is. Het moet ongeveer in februari geweest zijn, want ook al werd in deze buurten nooit carnaval gevierd, de leiding van het tehuis had gemeend dat wij een carnavalsoptocht heel leuk zouden vinden. Ik weigerde mee te doen, maar ik werd met straf bedreigd als ik me niet verkleedde. Dus knipte ik een cirkel uit karton, schaar er dwars in en de twee uiteindes over elkaar trekken en vastplakken, zodat er een Chinese hoed ontstond. Ik klemde een lange zwarte veter onder mijn neus, en denk maar niet dat ze me nog zouden herkennen. Nono, ik was Chinees. Toen we met zijn allen rond het gebouw liepen en ik mijn veter allang verloren was en die kartonnen hoed met losgelaten plak in mijn hand hield, voelde ik me tot diep in mijn botten ongelukkig. Het is mogelijk dat de anderen er wel schik in hadden, maar van mij mocht het hele gebouw in elkaar donderen op datzelfde ogenblik dat die kinderen, de een met een bijbelse ernst, de ander met een carnavalshuppel, eromheen trokken. Ik liet me uit de rij zakken, bleef achter, sloop weg van de dansende en hossende verklede kinderen en nam de achtertrap naar de slaapzaal, waar ik op mijn bed ging liggen. Wat ik precies bedacht heb kan ik natuurlijk niet meer met zoveel woorden herhalen. Het kwam erop neer dat ik besloot een tweede keer geboren te worden. Dit moment was een soort nulpunt en vanaf hier en nu zou ik alles opnieuw leren, voor het eerst doen, fris ondervinden, alsof ik als nieuw en onbesmet kind in een andere tijd en wereld kwam. Dat mijn eerste ervaringen dan in een tehuis zouden zijn en niet in een liefderijk gezin was vervelend maar onvermijdelijk.

Mijzelf verbood ik kennis en ervaring van vóór mijn besluit te gebruiken; ik wilde me zelfs niet herinneren dat ik kon lopen en rennen, dat ik kon praten en ruziemaken, dat ik mijzelf kon aankleden. De grootste moeilijkheid, dat zag ik ook wel in, was dat ik daarbij geen enkele vergissing mocht maken. Ik begreep dat ik al die gewoontes van mij moest afleren en dat ik in stilte dag en nacht moest oefenen, hoe het zou zijn om niet te kunnen lezen en schrijven, om niet zelfstandig te kunnen eten, om niet zindelijk te zijn. Tegelijk wilde en moest ik alles tot in de kleinste details opnieuw leren en ervaren.

Mijn lichaam hielp me. Ik kreeg koorts. Natuurlijk door die stomme verkleedpartij waarbij buiten geen jas gedragen mocht worden, wat ik persoonlijk erg krom vond. Ik werd ziek, griep of weet ik wat voor kinderziekte en kon twee weken op bed blijven liggen. Ik zei geen woord. Ze kwamen naar me kijken. Ik reageerde nergens op; ik waarschuwde niet dat ik naar de wc moest en liet alles lopen; ik weigerde bijna al het voedsel. Die twee weken staan mij heel precies bij, vooral de doodsangst die ik in die tijd voelde omdat ik begreep hoe stervensmoeilijk het zou zijn mijn besluit al die tijd vol te houden.

Na die twee weken griep merkten ze dat ik niet meer zonder hulp kon zitten of staan, dat ik geen zinnig woord kon uitbrengen, dat gewoon bestek levensgevaarlijk was voor mij en voor de anderen. Mijn huisgenootjes behandelde ik alsof ze aangeklede cactussen waren of meubelstukken waar elk moment een klep of la uit kon donderen. Ze ontdekten snel dat ze me maar beter een luier om konden doen. Ze zetten me halve dagen op een potje. De andere kinderen kwamen gillend lachend om de hoek kijken, maar ze werden weggestuurd en de lol ging er voor hen snel vanaf. Het duurde enige tijd voor het tot die kinderen doordrong en nog iets langer voordat het tot de leiding doordrong dat dit niet een toestand was die slechts enkele dagen zou duren en dan snel zou verbeteren. Ze lieten me onderzoeken en er werd een programma opgesteld dat begon met voedsel toedienen en zindelijk maken en dat al snel overging tot het vormen van eenvoudige woordjes. Die tijd van testen en onderzoeken en van langzaam vaststellen wat mij precies mankeerde was voor mij het moeilijkst, en het verbaast me achteraf dat ik geen grote fouten gemaakt heb. Na enkele maanden werd het gemakkelijker en vanzelfsprekend.

Degenen die mij opnieuw hebben leren praten, lezen en schrijven, bestudeerden me lange tijd met spottend wantrouwen omdat ze het in hun hart pure aanstellerij van me vonden. Dat was het niet. Mijn vorige leven was verbonden met een vader die er maar op los sloeg, met een moeder die machteloos was en met een moedwillige vernieling van kindertijd, jeugd en geborgenheid. Dat vorige leven wierp ik heel bewust van me af en wel zo fel dat ook alle ervaring en zelfs enkele bewegingen die je normaal zonder na te denken uitvoert, in het afvalputje terechtkwamen. Seconde na seconde, detail na detail simuleerde ik in het begin onkunde en onwetendheid. Maar ik merkte dat ik kotsmisselijk werd van woorden of gebaren die die vroegere tijd in gedachte opriepen. En terwijl ik eerst de anderen moest misleiden, kon ik steeds vaker blind vertrouwen op gevoelens van walging of juist van plezier in het pas geleerde. Als ik in de fout dreigde te gaan, begon ik vanzelf inwendig koppig nee te schudden en voelde ik de misselijkheid opkomen. Vaak heb ik me afgevraagd of zoiets normaal is voor een kind van acht. Hoe verzint zo'n kind het, zo gedetailleerd opnieuw geboren te willen worden? 'Normaal' is natuurlijk geen woord dat hier past, en of er meer kinderen zijn die zotte gedachten hebben? Het zal wel. Dat interesseert me niet. In elk geval had ík ze.

Heel langzaam veranderde de houding van de anderen. 'Dat kind stelt zich aan' werd een besef van 'dat kind heeft het moeilijk en is totaal in de war'. Ze maakten me duidelijk dat ik de jam niet met mijn handen op het brood moest smeren, dat ik op de plak kaas die we 's avonds kregen niet moest schrijven. Ze deden voor hoe ik met een vork moest eten zonder in mijn neus of oog te steken. Hoe ik mijn jas moest dichtknopen. Iemand zei dat ik niet moest schrikken van mijzelf in de spiegel. Dat ik niet op een boek moest kauwen. Ze leerden me naar de wc te gaan, mijzelf te wassen. Ik kreeg schoenen en kleren met klittenband en een polsbandje met naam en adres. Ze vertelden me hoe ik mijn tanden moest poetsen, en toen ze me hadden uitgelegd wat een tandarts was en in welk kamertje van het tehuis die af en toe behandelde, ging ik midden in de nacht voor die deur zitten wachten, want ik had best wel kiespijn en een bezoek aan de tandarts was hard nodig. Ik huilde me in die koude betegelde gang met zicht op de strenge bogen van het plafond in slaap. Mijn opvoeders waren zowel de volwassenen als de kinderen. Ik had zelf met aanwijzen en wegduwen duidelijk gemaakt wie zich liefdevol met mij mocht bemoeien en wie niet.

Het duurde twee, drie jaar voordat ik op mijn oude niveau terug was, zoals ze zeiden. Iedereen betreurde de achterstand in mijn opvoeding, maar ik vond juist dat ik lekker aan het vlammen was. Ik kan het moeilijk vergelijken met mijn eerste acht jaren, want wat ik verteld heb is alles wat ik nog uit die tijd kan ophalen. Het is ook mogelijk dat ik een deel van die ellendige zwarte jaren achteraf verzonnen heb en dat ik die verzinsels keurig een plaats heb gegeven rond de weinige echt scherpe details: een spuugdriftige vader, een gehavende moeder, een donkere kast, vluchtende konijnen, Vrouwtje Theelepel, die bult onder mijn oor, die verkleedpartij met carnaval en nog wat nietszeggende droombeelden: een reeks houten palen, een stuk muur en, vreemd genoeg, een uil in een bos. Verder zwart water, leegte, angst. Maar als ik toch moet vergelijken, dan was deze tijd, deze nieuwe leertijd vanaf mijn achtste, een aaneenschakeling van nieuwsgierigheid, ondernemingslust en bevrijding. Alles begon opnieuw. En beter. Natuurlijk liep ik achter en maakte ik fouten. Ik hakkelde en stotterde een tijd, maar dat ging over. Toen ik twaalf jaar was, zei iemand dat ik reageerde als een kleuter van drie. Niets begreep ik van de schreeuwende woede van een leeftijdgenoot van wie een schrift met uitgeknipte popidolen was beklad en besmeurd. Ik schrok van de telefoonbel en wist niet waar die voor diende. Toen de sirene op de eerste maandag van de maand begon te loeien, gooide ik mijn schriften door het lokaal en stak gillend mijn vingers in mijn oren. Ik begreep niet waarom een kind snoepgoed ging uitdelen; 'er is er een jarig, hoera, hoera' klonk als een beschuldiging. Mijn favo trui droeg ik drie maanden achter elkaar, overdag en in bed, tot andere kinderen me gingen uitschelden omdat ik stonk. In mijn vrije tijd deed ik niet mee met de gewone activiteiten, maar ik jatte tubes verf waarmee ik 's avonds de laatste tien minuten van de dag in mijn bed als een dolle ging schilderen. Nog steeds roept de lucht van olieverf een beeld op van geborgenheid, van eindelijk alleen zijn en van stiekem in bed nog iets doen wat ik overdag niet durfde. Ik herinner me dat ik bij een trap, die naar een voor ons verboden bovenetage leidde, een uitslag kreeg van een rapport of verslag of groepsgesprek en dat ik als enige een onvoldoende had. Florianne Dodenbier: onvoldoende. Ja, Florianne. Florianne Dodenbier. Ook al was ik een vergeten kind, mijn ouders hadden me toch een kakkernaam gegeven, echt zo'n hockeynaam. Toen ik het gevoel had dat ik mijn nieuwe opvoeding voltooid had, dat ik weer bij was, heb ik mijn naam veranderd in Fleur.

Toen ik net veertien was geworden, werd ik overgeplaatst naar een pleeggezin en zou ik naar een middelbare school gaan. Ook al had ik mijn hele jeugd zelf overgedaan, ik kon toch goed leren, werd er

steeds tegen me gezegd. In het huis van het pleeggezin stonden een man en een vrouw me op te wachten. Ik liep naar ze toe, zette mijn tas op de grond, gaf
ze een hand en zei: 'Eén keer ruzie tussen jullie en ik
ben weg.' Ik denk dat ik me vooral tot hem richtte.
'Oké,' zei hij, 'afgesproken.' Vanaf dat moment had
ik het daar naar mijn zin. Volgens mij hielden ze veel
van elkaar en ik hoop dat ze niets van mijn privéleven geweten hebben. Er was een voogd, maar die
liet me koud. En ik hem, dacht ik.

Ze plaatsten me op een school met een open ka-
rakter en een aanzet tot gezonde zelfontplooiing. Hoe
verzinnen ze het. In het begin was het wennen, maar
het ging goed en ik kreeg nieuwe vriendinnen. Een
van hen bracht een album van Madonna mee en toen
ik een tijd geluisterd had, vroeg ik totaal in de stoom:
'Wat is dit?' 'Something to Remember,' zei ze, maar
ik bedoelde niet de titel, maar wat mij in die muziek
zo raakte. Of ze nog meer had.

'Yep!' zei ze. 'Erotica, wow, dat is echt lauw.' Madonna, niet moeilijk te onthouden. Toen ik niet alleen haar nummers had gehoord, maar ook beelden
van haar optreden had gezien en haar provocaties
had begrepen, werd ze mijn absolute idool.

Ik kreeg het gevoel dat ik van alles moest inha-
len, dat ik het echte leven tot mijn veertiende gemist
had. Ik ging helemaal los. Ik ging naar feesten en disco's en was niet van plan eerst voorzichtig de kat uit
de boom te kijken, maar sprong meteen midden in
het gewoel en liet de jongens tegen me aanrijden. Ik

stond te schuren en te daggeren als een gek, werd me door anderen gezegd. Ik kreeg contact met jongens, rouwdouwers, motherfuckers die de hele dag racistische grappen maakten en thuis op hun kamer porno keken. Ik begon voor de kick te stelen in winkels en supermarkten. In een dure kledingzaak bemachtigde ik met proletarisch winkelen een goudkleurige croptop en een beanie. Ik werd zelden betrapt. Eén keer kon ik me redden met het geven van een grote bek.

Bij de christelijken kwam na palmzondag en al die Bachvieringen altijd de paastijd. Bij ons kwamen na de paardendagen altijd de Dennewegfeesten. Rumoerige dagen en vooral nachten met bier uit plastic bekertjes en eindeloos paraderen door de straat van het feestkwartier. Volle terrassen, want het was in juni meestal mooi weer. Er werd gekeken, geloerd, geflirt, gevreeën en er werden talloze afspraken gemaakt.

Op mijn vijftiende heb ik me tijdens die feesten laten ontmaagden. Geen droomboy, maar een kerel die me al eerder had willen versieren. Hij pulkte aan me als het even zo uitkwam, probeerde zijn hand steeds op een bloot deel van mijn lijf te leggen, en als hij moest lachen liet hij zich hinderlijk over me heen vallen. Toen ik vroeg waar hij woonde en hij me uitnodigde naar zijn huis vlakbij in de buurt, leek hij zo geil als een woelrat, maar het uitkleden ging veel te snel en toen ik bloedde schrok hij zich rot. Ik had de kans niet gekregen hem te waarschuwen dat ik nog maagd was en hij ging ervan uit dat ik een mega-ervaring had. Hij zeurde maar over zijn lakens en zijn matras, en toen hij bleef poetsen ben ik me weer gaan aankleden. Hij liep me op de trap achterna, niet om sorry te zeggen, maar om snel de deur achter mij af te sluiten met het nachtslot. Ik had de neiging in die slapende straat te gaan schreeuwen, maar ik ben stil naar huis gegaan.

In de dagen daarna merkte ik dat er over me gekletst werd. Soms zag ik mijn minnaar van nog geen tien minuten op een terras. Hij grijnsde als ik langsliep en boog zich dan monkelend naar zijn vrienden. Ik deed of er niets gebeurd was. Ik merkte dat het gedrag van zulke kerels, twintigers, dertigers, vrijer werd. Ze raakten me gemakkelijker aan.

Mijn medescholieren waren minder opdringerig, kletsten alleen over de leraren en over de relaties in de klas. Sommigen lieten merken dat ze me niet mochten, de meesten gedroegen zich vrij neutraal. Ze vonden me een aanstelster. Op school verscheen ik in kleren die ik regelrecht kopieerde van Madonna. Ik permitteerde me een houding alsof ik de enige ter wereld was die het voor het zeggen had. *Bad girl.* Met mijn moeder had ik helemaal niets te maken, ik ken haar niet eens, troefde ik mijn vriendinnen af, die vervolgens allemaal zwegen. Jaloers, dacht ik in die tijd. Ze wisten zich met mijn grootspraak geen raad, vermoed ik nu.

Een van de jongens uit mijn klas stelde mijn gezelschap duidelijk op prijs. Hij zat vaak naast me, hielp met huiswerk, betaalde soms een drankje voor me, wat ik met een zoen beloonde. Hij was verlegen en had geen ervaring met meisjes. Naturel. Een paar maanden na mijn ontmaagding was het voor iedereen duidelijk dat Naturel en ik meer bij elkaar hoorden dan wij zelf toegaven en ik besloot dat te verzilveren. Iemand van twee klassen hoger woonde vlakbij op kamers. Of ik die af en toe mocht gebruiken? Op die kamer vol vuile vaat van weken en kapotgerukte detectives van Sjöwall en Wahlöö hebben Naturel en ik alle van horen zeggen bekende lekkernijen op het gebied van lijf en seks en alle uit boekjes opgedoken gymoefeningen uitgeprobeerd. Het kostte me enige overredingskracht om hem zover te krijgen, maar het lukte en hij kreeg er snel plezier in. Groot plezier zelfs. Maar ik moest wel constateren dat het voor hem inderdaad lekkernijen waren en voor mij vooral gymnastiek. Zijn pret hield de hele zomer aan en wonderlijk genoeg was ik toen ik zeventien werd niet eens zwanger. Temeer omdat de jongen van de kamer ook zijn recht opeiste en onverwachte zachte kanten bleek te bezitten.

Toen het nieuwe schooljaar begon, was het een jonge leraar die me versierde. De relatie eindigde na een paar weken met heftige neukpartijen bij hem thuis toen hij volledig onverwacht met een dramatisch gebaar van zijn stoel af gleed en met gierende uithalen begon te janken. Ik heb naar wat troostende woorden gezocht en ben zo snel mogelijk de deur uit gevlucht. Wat voor beren er op die man zijn weg verschenen staat in de top tien van onopgeloste vragen.

Bij een ruzie met enkele klasgenootjes merkte ik niet lang daarna dat ze over me spraken als 'slet' of 'slettebak'. Daar valt weinig tegen te doen, want het gebeurt zelden als je er zelf bij bent. Ik wilde er ook niet al te lang bij blijven stilstaan, want schelden doet geen pijn, zeiden wij altijd. Ik merkte wel dat ik een pantser van onverschilligheid opbouwde. Ik heb de school afgemaakt, maar ver voor het eindexamen hield ik me al met heel andere dingen bezig. *I made it through the wilderness*, dacht ik met enige trots. *Like a virgin.*

Mijn pleegouders hadden geen enkel probleem met mijn verzoek op kamers te gaan wonen; ze regelden zelfs een perfecte woning boven een comestibleszaak, zoals zij dat noemden. Ze waren de enigen die dachten dat ik mijn droombeeld van paleontoloog in werkelijkheid omzette. Ik had ze de problemen geschetst met de opleiding in Leuven en Gent, en met hun instemming had ik me ingeschreven in Utrecht. Ze betaalden een ruime studietoelage waar ik geen enkele verantwoording over hoefde af te leggen.

Die andere dingen die me bezighielden hadden niets meer te maken met mijn klasgenoten, maar met veel oudere en interessante mannen. Ik liet me gemakkelijk versieren, zeker als daar iets tegenover stond.

Hoe gaat zoiets verder? Ik hield mezelf in volle ernst voor dat de betaling gewoon vriendelijkheid was en attent gedrag. We waren immers vrienden geworden, intimi voor een korte tijd, maar hoelang is dat nou: korte tijd. Ik werd meegenomen naar restaurants, vrijgehouden in cafés, ik kreeg cadeaus. Ik ging naar Arnhem, waar ik de Re-Invention Tour van Madonna meevierde, wat mij het geweldige idee gaf dat ik, als Material Girl, mijn eigen weg moest bewandelen. *If they don't give me proper credit, I just walk away.* Toen mijn liefde voor Madonna eenmaal bekend was, zorgde iemand twee jaar later voor tickets voor de Confession Tour in de Amsterdam ArenA. Ik werd geïntroduceerd bij De Witte, ik kreeg een lening die ik na enige tijd wel terug zou betalen, maar ik zag die kerel nooit meer. Al die vrijgevige vrijers, die zich allemaal movie-hotties of Hunk van de Maand waanden, waren vage bekenden die ik in het café ontmoette.

Een jaar na mijn eindexamen had ik mijn eerste soa te pakken. Wratjes. Na bezoek, behandeling en ernstige vermaning ('wat u zegt, dokter, touché') kreeg ik ze wel weg, maar ik was vanaf die waarschuwing voorzichtiger. En die gek die mijn poepgat wilde beffen kreeg mij niet meer te zien.

Ik sprak telefonisch een tijd af om de klant in een café te ontmoeten; ik regelde in het café betaling en voorwaardes en vooral schatte ik of de ander me beviel of afschrikte, en na goedkeuring ging ik met hem mee naar zijn kamer of zijn huis of naar een hotel. Nooit naar mijn eigen kamer; dat leek me behoorlijk schizo. Ze gaven mijn nummer door, onbekenden belden me op en toen ik het gevaarlijk begon te vinden, kreeg ik het angstige idee dat ik behoorlijk afgegleden was in de richting van een ordinaire telefoonhoer.

In het café kwam ik de oud-schoolgenoot tegen die me zijn kamer had geleend. Hij zat op dit ochtenduur rustig de krant te lezen; de zonnestralen schoten dwars door de rokerige ruimte. Naast zijn krant een koffie en een jenever. De sfeer was sereen. Hij was de enige klant in het café. Hij grijnsde toen hij me zag. Volgens mij wist hij alles van me en kende hij al die klanten van mij. Die jongen in die mistige stralen zon die uiteenspatten op zijn bijna montuurloze bril, de stilte om hem heen, zijn ouwelijke manier van doen (wij waren allebei al jaren van school, maar we waren toch nog jong?) maakten op mij een overweldigende indruk van vredig geluk. Het café leek helemaal uit hout te bestaan met een plankenvloer, een balken zoldering, een zware tapkast met daarachter glas in lood, met wankele tafels vol onvermijdelijke vlekken en uitgebeten kringen en met een kleine houten tussenverdieping waarop via een houten trapje wat gasten aan twee, drie tafeltjes konden zitten. Als in een visioen dijde dit café voor mij een ogenblik lang uit tot een zestiende- of zeventiende-eeuwse bibliotheekzaal met lessenaars, banchi, alkoven, schrijftafels en met het ochtendlicht dat op boekenkasten en galerijen speelde. Maar meteen kwam daar weer het houten cafétafereel voor in de plaats en naast de indruk van vredig geluk drong zich er een van vluchtigheid op. Hoe kortstondig was dit allemaal. Niet alleen het toevallige zonlicht op deze ochtend en het kwartier dat zo'n café stil en leeg was, maar ook en vooral dat die jongen die hier, om elf uur 's ochtends, in stil geluk zat met die koffie en die jenever, aan het eind van de middag al luidruchtig dronken zou zijn en zo'n vorm van leven nooit lang zou kunnen volhouden. Hij brandde zich op die manier razendsnel op. En ik dan? Dus bleef ik naar hem staan kijken. En ik bleef zo lang staan tot hij zijn schouders ophaalde en met een half geamuseerde, half geërgerde blik weer terugkeerde naar zijn krant.

Welk gevaar liep ik als ik een klant na een telefonische afspraak weigerde? Welk gevaar liep ik als ik met een of andere griezel, zo'n creep, het bed in dook? Er waren kerels bij die ik al bij het binnenkomen in het café afschreef. Soms lukte het me ongezien te verdwijnen. Dan werd ik nog wel door zo'n kerel opgebeld, kwaad, waar ik gebleven was. Ik verzon smoezen. Ziek, geen zin meer. Maar het kwam ook voor dat ik tegenover zo'n engerd zat met wie ik nog geen meter buiten dit café zou willen oplopen, maar aan wie ik dat dan wel moest uitleggen. Eén keer dreigde een geweigerde klant me in elkaar te slaan. Ik redde me uit die situatie door op een mij onbekende kerel af te stappen die bij de bar stond en die met zijn lengte van bijna twee meter en een geweldig getraind lijf (ongetwijfeld iets in de bewaking of in de veiligheid of werk als uitsmijter) stond te showen. Ik vroeg een vuurtje, maakte een grapje, legde een hand op zijn arm om een spier te voelen, lachte. En de gefrustreerde klant droop af met de gedachte dat hij zelf aan een pak slaag ontsnapt was. Het liep uiteindelijk altijd goed af. De kerels met wie ik wel meeging betaalden vorstelijk. Met een aantal had ik behoorlijk wat plezier. Ik organiseerde mijn klantenkring door gericht mijn mobiele nummer uit te delen en te vertrouwen op mond-op-mondreclame, zoals ik dat zelf noemde.

Precies in de tijd dat het goed tot me doordrong hoe diep ik al weggegleden was, kwam ik mijn moeder tegen. Ik was haar nooit helemaal uit het oog verloren. In het tehuis was ze me van tijd tot tijd komen opzoeken, tot ze merkte dat ik geen enkele aandacht aan haar schonk en ze me telkens uitschold voor achterlijk en aanstelster omdat ik elke vorm van haar opvoeding was kwijtgeraakt. Bij het pleeggezin kwam ze niet, maar toen ik op kamers woonde, had ze zich een tijd hinderlijk opgedrongen. De laatste twee, drie jaar had ik haar minder vaak gezien.

Bij de Laan van Nieuw Oost-Indië botsten we tegen elkaar aan, waarbij zij onverstaanbaar protesteerde tot ze me plotseling herkende. Haar mond bleef openstaan terwijl ze me van top tot teen bekeek. Pas toen haar ogen de mijne zochten, klapte ze haar kaken weer op elkaar en perste ze haar fout geverfde lippen tot een half misprijzende grijns. Ik zag dat haar linkeroog scheef was gezakt. Hersen-bloeding? TIA? Beroerte? Haar gezicht was opgebla-zen. Toen ze haar tas neerzette, rammelden de fles-sen. De leren rok, de laarzen en het lelijke jasje dat ze droeg vormden een verschrikkelijke combinatie. Wel bedoeld als geheel, maar dat was mislukt als een cocktail van rum, sherry en chocolademelk: alle drie bruin, dat wel.

Ik wist dat ik er zelf goed uitzag, jong, nog niet ge-tekend als hoer. Ik wist dat ik kon doorgaan voor de jonge vrouw van een bankdirecteur of van een hoge bestuurder of politicus. Het was duidelijk dat mijn moeder en ik in verschillende werelden, in verschil-lende tijden leefden.

Hoe het met me ging?

Ach, ik had geen klagen. Nu niet meer tenminste.

'Ik zie het. Het gaat je voor de wind. Ik heb altijd gedacht: die redt het wel, die komt wel goed terecht.'

'Is dat zo?' vroeg ik.

'Heb jij geld bij je?'

'Hoezo?'

'Kan jij me wat lenen?'

Ik heb er een hekel aan op straat mijn tas te ope-nen en zeker om mijn portemonnee tevoorschijn te halen, maar ik kon de verleiding niet weerstaan. Ik gaf haar twee briefjes van vijftig euro en zei dat ze me die niet hoefde terug te betalen. De briefjes ver-dwenen razendsnel.

'Zullen we ergens iets gaan drinken? Moeder en dochter toch? Samen iets drinken?'

Ik huiverde. Haar ene oog loerde wanhopig naar me; haar andere hing moedeloos terneer.

'Dat moesten we maar niet doen.'

Ze legde een hand op mijn arm. Door wat te stuntelen met het terugstoppen van de portemonnee in mijn tas slaagde ik erin me te ontdoen van die begerige klauw zonder dat het als een al te bruusk gebaar overkwam. Niet ver van ons vandaan was een taxistandplaats, en toen ik voorzichtig die kant op keek, zag ik twee zwarte wagens.

'Ik moet daarheen. Ik zie je nog wel.'

Ik draaide me om. Het ene oog van mijn moeder verloor alle wanhopige concentratie en dwaalde het andere, moedeloze oog achterna. Ik zag dat ze een hand uitstak, maar ik had al een stap gezet en was te ver weg om daarop te reageren. Haar tas met flessen stond nog op de grond. Ze stond er zinloos naast in haar mislukte outfit en toen ik de taxideur dichtgetrokken had en de chauffeur het adres genoemd had van mijn luxueuze kamer in die drukke, deftige winkelstraat met dure antiekzaken en kunstuitleen, reden wij vlak langs mijn moeder, die mij, nog steeds met half uitgestoken hand, nakeek. Ze heeft daar vast al die tijd dat ik onderweg was in die auto zo gestaan, tas naast zich, in haar hoofd de film van vroeger.

Ik rekende af, deed de deur naast de winkel open, liep de trap op naar mijn kamer, sloot de kamerdeur achter me en barstte in een onbeheersbare huilbui uit. Huilde ik toen om mijn moeder of om mijzelf?

Ik stond daar maar, mijn onderarm steunend op het tafelblad, mijn hoofd tegen mijn armen gedrukt, rug in een moeilijke houding. Schokkend, wild huilen, zonder precies te kunnen zeggen wat de oorzaak van mijn verdriet was. De aanleiding, dat begreep ik wel, was de ontmoeting met mijn moeder, maar de echte oorzaak moest met mij te maken hebben. Na een tijd kwam ik overeind, trok mijn jas uit en schopte mijn schoenen weg. Mijn tas slingerde ik op een luie stoel. Ik wist niet wat ik moest doen, had geen trek in eten, wilde niemand zien of spreken.

2

Natuurlijk, ik had gezegd dat ik er eens uit wilde en dat ik best een mooie reis zou willen maken. Maar die pipo die mij een reis naar Indonesië heeft aangesmeerd moeten ze kielhalen. Wat een armoe! Wat een onvoorstelbare bende! Hoe bestaat het dat die lui geen orde op zaken kunnen stellen. De vliegreis naar Singapore viel nog mee, maar bij de vlucht van Singapore naar Medan begon het al. Voor die internationale oversteek hadden ze de schroothandel een toestel in elkaar laten lijmen. En vliegveld? Een afgetrapt voetbalveldje! En geld wisselen? Je kreeg een megapak oud drukwerk dat je niet eens wilde natellen.

Dan dus de stad in. Waar is de stad? Waar de walm aan de horizon zwart is, daar is de stad. Hoe? Met een mesin beçak. Je zit in een kooi en je wordt alle kanten op geschud, en door de kuilen in de weg knalt je rug steeds tegen de ijzeren staven achter je. Alles walmt, alles toetert en rechts en links en rood en groen: nog nooit van gehoord. Ze gooien zelf de benzinesoorten in een pannetje, roeren met een bamboestruik en dan, kretek brandend tussen de lippen, hup de mengsmering onder de prop plastic de tank in.

Een van die dagen at ik bij een drankchinees die een stuk of zeven eetchinezen had ingehuurd. Elke eetchinees stond in een karretje half buiten de tent op straat zijn eigen loempia of champignon of ei te roerbakken. Je moest bij zo'n eetchinees iets bestellen en afrekenen. Een beetje samenwerken, die Maoboys, ho maar. De baas zorgde voor de drank en liep met het wisselgeld in zijn oor geklemd rond. Nou, hoef niets terug, terima kasih.

Waar vind je de meeste kakkerlakken? In de hotels. Ik zweer het je. Vraag je waar de douche is, dan wijzen ze je naar een bak van een meter hoog gevuld met slootwater. En in sommige hotels, of van die openluchtkampongs, moet je op je blote kakken door de modder lopen om bij zo'n bak te komen.

Na een bustocht van 's morgens zes uur tot diep in de volgende nacht over de Highway van het eiland (Highway, jawel: kuilen, houten rammelbruggetjes, dwars door plaatselijke markten, dwars door een Koranschool met honderden witgeklede jongetjes die in het donker telkens voor de bus opdoken) eindelijk een redelijk hotel. Gooi ik mijn bralet nog even in de wasbak om uit te spoelen. Ik draai de kraan open. Blijkt de wastafel van onderen niet aangesloten en loopt het water er even hard uit en de kamer in. Wel een sifon maar geen schroefdeksel aan de onderkant. Dan laat je toch gewoon ook alles zakken?

Een land zo groot als Europa, maar nergens een terras, nergens een fatsoenlijk café. En je wilt met die hitte toch wel af en toe een limoncellosorbet?

Naja, ik ben van eiland naar eiland gegaan. Van de ene ellende naar de volgende. En toen ik vanaf Manado met de boot naar de Filippijnen kon oversteken, kocht ik met een gevoel van geweldige opluchting een eersteklasticket.

De voordelen van eerste klas waren een privéhut, een eigen washok en een patrijspoort, in de middag thee geserveerd door een purser en maaltijden in het restaurant. De passagiers met een tweedeklashut sliepen in gemeenschappelijke ruimtes zonder patrijspoort, kregen geen thee, maar mochten wel eten in het restaurant. Die thee zou mij persoonlijk een rotzorg zijn, maar die gemeenschappelijke ruimtes leken me een gruwel. De derdeklasreizigers moesten maar zien waar ze sliepen en ze konden alleen aan een heel klein kombuisje bamisoep kopen. De eersteklashut zag er redelijk uit, maar de omgekeerde kartonnen beker op de grond bleek over een stuk pijp geschoven, en toen ik de beker nieuwsgierig optilde, schoten twee, drie kakkerlakken de hut in.

Eenmaal op zee merkte ik dat ik zo lang de reis zou duren, last zou hebben van het dreunen van de motoren en van een aanhoudend gevoel van lichte misselijkheid. In de hut stond een tv maar er was geen afstandsbediening. Het was aan of uit. En was het aan, dan zag je Soeharto. Allemaal documentaires uit de tijd van Soeharto met commentaar dat ik niet kon volgen. Na een halfuur had ik het wel gezien. De maaltijd was boven verwachting. Zeer smakelijke vis en ook nog goed bereid. Toen ik later op het dek stond hoorde ik mensen ruziemaken. Er werd gescholden. De kleine kombuis sloot; de bamisoep was op. We waren op volle zee en ook de volgende dagen zou er niets meer voor die lui van de derde klas zijn. Sommigen die de overtocht waarschijnlijk vaker maakten wisten dat en hadden zelf eten meegenomen. Toeristen begrepen nu pas dat ze dagen honger zouden moeten lijden. Het luik bij de kombuis werd dichtgegooid. Ik ging terug naar mijn eersteklashut.

De derde of de vierde dag, Zuid-Chinese Zee, hoorden we aan het begin van de middag een paar harde knallen onder uit het schip en daarna klonk het stampen anders. Het onophoudelijke zoemen van de motor leek tweetakt geworden. Tot ook dat stokte en er een stilte intrad. De maaltijd werd als gewoonlijk geserveerd. In de eetzaal leek niets aan de hand en toen we de bediendes om een verklaring vroegen voor de verontrustende stilte, kregen we als antwoord: 'onderhoud'.

Er kwam een vreemde zak in de tijd: een extra blaas als bij een band waardoor het kapotknallen even werd uitgesteld. Overal ter wereld ging het leven gewoon verder, alleen hier zakte het leven in een loos stuk elastiek weg. Het gladde water naast de boot veranderde nauwelijks van plaats, de boot zelf was doodstil, de honderden passagiers, al dagen zonder eten, leken allemaal in slaap gevallen, de tv herhaalde voor de zoveelste keer de documentaire over de al lang gestorven Soeharto.

In het restaurant werd ook de volgende dag de maaltijd geserveerd alsof er niets aan de hand was. Aan tafel vertelde iemand dat er gevochten was op het dek. Ik maakte een volkomen foute vergelijking met de Titanic en toen iedereen zogenaamd gegeneerd zweeg, kletste ik maar over die stomme passagiers die al dagen hun bamisoep moesten missen. Even na het signaal dat per tafel uitgeserveerd kon worden, terwijl de bediendes zich klaarmaakten om met hun scherpe messen de vissen met het gebruikelijke vertoon te ontleden, werd er aan de deur gerammeld. Door het lawaai was de plotselinge binnenkomst van een stuk of tien Aziaten veel angstaanjagender dan hun bedoeling was. Wilden ze mee-eten? Wilden ze ons eten afpakken? Onze verbazing sloeg om in angst toen die binnendringers razendsnel de messen van de bediendes af wisten te pakken en een witgekielde purser verontwaardigd een stroompje bloed van zijn gezicht veegde. Een clichématige Joodse Amerikaan protesteerde, maar de invallers dreigden met de messen. Het was chaotisch. De meeste eersteklassers zaten stijfstil in hun stoel en volgden met hun ogen de rennende Aziaten in de hoop zelf onzichtbaar te zijn. Onzichtbaar voor die messenzwaaiende gekken die overal het eten vandaan gristen. Op hun kleine linnen schoentjes dansten ze tussen de tafels. De bediendes en de pursers wachtten af, staken geen hand meer uit. Ze hadden hun leven niet over voor de toevallige westerlingen die zoveel geld hadden dat ze een eersteklaskaartje konden betalen voor de overtocht.

Ik stond langzaam op, en toen een van de indringers zich naar me omdraaide, bood ik hem mijn plaats aan, waar nog een dampend pannetje met een onbekende groente stond. Ik deed een pas naar achteren en voelde dat ik bij wijze van spreken uit hun aandacht gleed. Op dat ogenblik maakte de Amerikaan een beweging om zijn eten te beschermen. Hij wou niet meteen zwichten voor de brutaliteit van de Aziatische indringers, maar hij kreeg zo'n harde klap met een elleboog dat hij met stoel en al omviel. Dat trok de aandacht van iedereen en ik liep kalm naar de deur die nog openstond.

Onderweg naar mijn hut merkte ik hoe alle gezag op de boot was aangetast. Hoe er onderhandeld of gebedeld werd om eten bij de weinigen die nog wat hadden. Hoe er gekankerd werd. Hoe explosief de sfeer was. De deur van mijn hut stond op een kier. Wat betekende dat? Thee? Schoonmaak? Controle? Ik duwde de ijzeren deur verder open, stapte over de drempel en hield in. In het linkerbed dat ik die nacht nog gebruikt had, lagen twee Chinezen en in het onbeslapen rechterbed lag een derde Chinees. Ze draaiden zich op het geluid van de deur om en giechelden me vriendelijk toe, een mollig handje onder elk hoofd. Ik kon ruziemaken. Ik kon die drie kereltjes er zelf uit schoppen of althans zoiets proberen, ik kon de situatie vriendelijk uitleggen, maar voor mij stond vast dat ik op dit schip mijn privacy kwijt was, dat ik er geen minuut langer van ongestoorde rust kon genieten. Met aanwijzen en met enkele eenvoudige Engelse zinnen probeerde ik duidelijk te maken dat zij hier niets te zoeken hadden. Waarschijnlijk begrepen ze me uitstekend, maar hadden ze onderling afgesproken me vierkant uit te lachen en niet te reageren op mijn protesten. Ze braken uit in een onderling gekrakeel, vielen toen als op een onzichtbaar teken weer stil en wendden zich verwachtingsvol naar me toe. Een spel dat tot in het oneindige herhaald kon worden. Vergeefse uitleg, gekwek van Chinezen in bed, gegiechel, nieuwe uitleg. Maar dwars door de giechels hoorde ik op verschillende plaatsen in het schip roepen, juichen. Iemand rende door een gang; er werd van bovenaf iets geschreeuwd. Of ik nu steun wilde zoeken bij een purser die de Chinezen terecht kon wijzen, of dat ik nieuwsgierig en opgewonden raakte door al dat juichen, in elk geval gooide ik hard de ijzeren deur achter me dicht en liep naar het dek.

Overal waar je keek zwenkten razendsnelle motorboten om het schip. Ze draaiden en keerden en schoten opzij langs. O mijn god, piraten, was mijn eerste gedachte, maar ik zag tot mijn geruststelling geen enkele boot met wapens. Dikke witgrijze of gele rookpluimen slierden over het water, bleven eraan plakken, zo leek het, en verwaaiden dan langzaam in de lucht. Er hing een stank van benzine en onder de vuile smerige rook was de strakke tropische Zuid-Chinese Zee verdwenen. Af en toe woei de rook over onze reling, zodat een deel van ons schip plotseling in een naar benzine ruikende mist hing.

Behalve enkele tientallen blanke toeristen en wat internationale avonturiers bestond de bevolking op onze boot voornamelijk uit Chinezen, Filippino's en Indonesiërs. Al die mensen leefden in een andere wereld, die op geen enkele manier te maken had met de mijne. Wat had ik hier te zoeken? Toen ik merkte dat er een tussenmaat boot opzij kwam liggen en toen ik zag dat passagiers aanstalten maakten over te stappen, begreep ik dat dit mijn kans was. Dit hopeloze schip verlaten en met een bootje naar het vasteland. Een stad bereiken met een goed hotel en dan een vliegveld en knalhard naar huis. In een opwelling besloot ik nu de gelegenheid te grijpen.

Ik drong naar voren en probeerde me aan te sluiten bij de oosterlingen die wilden overstappen. Nee, de hulpboot was vol en ze gingen eerst de passagiers verdelen over de kleinere boten. Ik werd betrokken bij duwpartijen en kleine geniepige gevechten. Maar toen de boot weer langskwam om nieuwe passagiers op te nemen en daarna te verdelen, stond ik als een van de eersten bij de loopbrug. Zodra ik een voet op de brug zette, begonnen de inlanders te gebaren en te roepen. Geen Europeanen, geen blanken. Wat krijgen we nou, dacht ik. Nie vir blankes? Waar zijn we dan? Holland, riep ik. Dat ik Hollandse was. Ik riep dat ik een eersteklaspassagier was. Die moesten als eersten gered worden. Die waren belangrijk. Ik kwam uit Holland. Cruijff. Madurodam. Van Gogh. Ik riep maar wat. Ze werden onrustig, ze overlegden. Toen kon ik komen en overstappen op de boot die me zou verlossen van dat verrotte schip. En midden op die loopplank, koorddansend boven de Zuid-Chinese Zee, vóór me zeelui die al aan mijn rok trokken, achter me passagiers die verder wilden, bliksemde het mijn hersens in dat mijn rugzak met al mijn bezittingen nog in de hut bij de drie giechelende Chinezen stond. En dat mijn pakket geld, mijn vliegticket, mijn bankpas, mijn paspoort en mijn kostbare, lieve, witte iPhone 3G, dat die allemaal in dat rammelende kluisje lagen in diezelfde eersteklashut. Alles wat ik droeg was een slip en een beha, een wijde makkelijke rok en een dichtgeknoopte bloes en platte schoenen van een soort touw. De mannen trokken aan me; achter me duwde iemand tegen mijn rug en na een aarzelende stap, een zwaai en een duw zat ik op een houten bank tegen de zijkant van de hulpboot aan. Ik was niet bang, maar zo laag bij de klotsende oceaan, niets bij me en overgeleverd aan mensen die een onbegrijpelijke taal spraken, voelde ik me klein en onbeduidend en geheel afhankelijk van de hulpvaardigheid van anderen. Fucking stomme trut, dacht ik bijna jankend bij mijzelf, maar de bedrijvigheid leek zo sterk op het redden van drenkelingen, dat een poging, hoe dan ook, mijn spullen terug te krijgen mij bij voorbaat volkomen misplaatst leek.

De boot liep vol maar er werden steeds meer mensen toegelaten. Ik kende de situatie van de stampvolle Bemo-busjes en de beschilderde Chevy-busjes, en ondanks pogingen mijzelf breed te maken zat ik snel volledig klem tussen de ijzeren reling, de houten bank en vier inlandse vrouwen die naast mij gillend elkaar adviezen gaven. We maakten een draaiende beweging, los van het grote schip, en tuften naar een plaats verderop waar een van de snelle jachten een deel van de passagiers overnam. De zeelui hadden er lol in iedereen vrij hardhandig van de ene boot in de andere te trekken. Toen ik meende dat ik aan de beurt was kreeg ik een teken dat ik moest blijven zitten. Vreemd, want wat kon het die lui schelen of ik door het ene vaartuig of door het andere naar de Filippijnen gebracht zou worden? We draaiden en maakten een grote bocht. Naar vier Chinezen in een klein motorjacht. Geroep, gelach. Blanda of Belanda, hoorde ik ze roepen; ze wezen op mij. Ja zeg, het leek wel of ik koopwaar was, een kist Hollandse garnalen of zo. Ze knikten. Ik stond op, stak mijn hand uit en werd in de kleine motorboot getrokken. We zetten meteen koers naar de andere kant. Naar het noorden, dacht ik aan de zon te zien, en wat snel achter ons onzichtbaar werd, was heel het tafereel van de grote kapotte schuit met mijn eersteklashut en mijn rammelende kluis en al die kleine omzwermende oer-Aziatische motorbootjes die als koppige wespen om de rijpe vrucht cirkelden, met diep verborgen in het klokhuis: mijn geld, mijn bankpas, mijn paspoort, mijn iPhone. De vier Chinezen zeiden niet veel. Ze vroegen alleen of ik Belanda was. Ik knikte. Ze wezen naar de einder, daar lag Holland. Bedoelden ze dat? Ik begreep het niet, liet het maar zo. Volle vaart in westelijke of noordelijke richting. Binnen korte tijd waren we volkomen alleen op die eindeloze Zuid-Chinese Zee. Ik voelde me zo klein als een haring. En even misplaatst hier. Even misplaatst.

Het werd uren pruttelen, tuffen, eentonig geluid en een schuimend zilveren spoor door het water. De Chinezen zwegen, aten soms een handje rijst dat ze in een rieten mand op de bodem van de boot hadden staan. Mij boden ze ook aan, en toen ik mijn hand uitstak, kreeg ik een klef bolletje rijst dat aanvoelde als modder waarin een klein kikkertje bewoog, maar dat bleek de vinger van de gulle gever. Ik dacht maar niet aan de smerige olievlekken en at de rijst op. Toen het donker werd, was nergens land te zien en voeren we met dezelfde schuimende vaart de zwarte eindeloosheid in.

Spiegelend water onder een flonkerende sterrenhemel. Ze kletsten wat, ze wezen iemand aan voor de nacht of ze speelden een vreemd spel. Dat was me niet duidelijk. Met mij bemoeiden ze zich nauwelijks. Ik ging er gemakkelijker bij liggen en viel af en toe in slaap. In flarden van dromen was ik terug op de kapotte Indonesische boot en werden we midden op zee overvallen door zeerovers die allemaal naar mijn rugzak loerden, en alle piraten bleken kerels te zijn met wie ik vroeger voor goed geld had geneukt. Ik schoot steeds wakker en moest dan bedenken waar ik was. Behalve het ronken van de motor en het spattende splijtende water heerste er stilte. We moesten al vele uren gevaren hebben.

Ik merkte dat de Chinezen elkaar afwisselden. Iemand zat bij het roer om de boot op koers te houden en degene die afgelost werd goot voor hij ging slapen voorzichtig een fles benzine in de motor. De slapers hadden een stuk zeil over zich heen getrokken en ik trok zelf voorzichtig ook een punt over me heen. Ik voelde me niet bedreigd, maar ik vroeg me wel af waar deze krankzinnige reis zou eindigen. Schokkend gleed ik telkens weg in een onrustige slaap en ik hoorde dan die eentonige maximumsnelheid over die schuimende baan. Bij half ontwaken merkte ik hoe pijnlijk elke houding na korte tijd werd, en ik voelde bij de lichte golfslag het bonken op het water. Wat een marteling, dat liggen in die kleine open boot met als enige bescherming tussen mij en al die sterren een punt zeildoek. Ik werd wakker onder het zeil en zag dat ook de anderen weggekropen waren. Het bleek nodig. De glasheldere nacht was veranderd in een dikke grauwe vochtigheid. Met dezelfde vaart voeren we door een grijze mist of door een laaghangende wolk die door een speling van de natuur contact gemaakt had met het water en daar niet meer van los kon komen en dus ook nooit meer rustig in de vrije lucht verder kon zweven. Of was al die nattigheid gewoon opspattend boegwater dat met miljoenen fijne spetters over ons heen hing? De boot voer er dwars doorheen zonder lichten, zonder geluidssignalen, in ware doodsverachting erop rekenend dat we geen ander vaartuig zouden kruisen. Ik ging rechtop zitten maar trok het zeil over mijn schouders, anders was ik kleddernat geworden. Het moest dag zijn, waarschijnlijk vroeg in de ochtend. Het raadsel van het daglicht dat je niet ziet maar dat verspreid wordt door de ontelbare spiegelende waterdruppels. Er kwam ook beweging in de anderen. Ze kraakten. Ze gromden. Hun woorden klonken gedempt, voorzichtig. Ik probeerde in het Engels te vragen hoelang deze reis ging duren. Ze verstonden me niet, lachten even, kakelden door in hun onbegrijpelijke taal en toen zei een van hen in redelijk verstaanbaar Engels: 'The river of no return.'

Ik keek om me heen en zag het wonder.

In de grijze onzichtbaarheid verscheen een verticale lijn van donkerder grijs die de mist leek binnen te dringen. De lijn werd een vlak en het vlak werd een berg. Land! De motor werd zachter gedraaid. Er volgden wat ploffen en het urenlange ratelen van de motor hield op. Het wonder hield ook in dat de mist in tien, twintig seconden wegtrok en er verscheen een groots en geheimzinnig landschap. Behoorlijk dichtbij zag ik bergen in alle tinten grijs die langzaam kleur aannamen: een bruin vlekkenpatroon, donkergroene hellingen. Ik moet met open mond in stomme verbazing naar het landschap gekeken hebben dat uit het niets zo dichtbij was opgedoken, want ik merkte niet eens dat een van de Chinezen mijn aandacht vroeg. Pas toen hij aan mijn schouder trok, draaide ik me om. Belanda, zei hij, en hij wees naar een plaats waar het water als een brede grijze rivier de bergen uiteen drukte. Holland? Mooi niet. Gekke

Chinees! Dit leek niet op Holland en ik schudde mijn hoofd.

De boot had zijn snelheid zoveel verminderd dat er geen sprake meer was van een schuimend spoor. Stil gleed hij door het water. De boot en de Chinezen mochten in ontzag voor de majesteit van deze toverachtige kust de riviermonding alleen naderen in stilte en in zwijgende nederigheid. Ik had werkelijk het gevoel dat al dat water dat we zo roekeloos doorkruist hadden, dat die hele zee samenkwam in deze prachtige stroom, ook al wist ik dat de rivier vanuit het land in de zee vloeide. Maar wij, vier nietszeggende Chinezen en een telefoonhoer, bedacht ik met een inwendige grijns, die geïmponeerd vanuit de zee de overweldigende omarming van de rivier binnenvoeren, vermoedden daar verderop in de vage, grijze vloeiing van de rivier tussen de bergen de tover van wat achter die bocht lag. Wij gleden de zee uit, de rivier op, alsof we op audiëntie kwamen bij een onbekende godheid of bij een onberekenbare maar voorlopig goedgezinde natuurkracht. Ik kon me niet inhouden, keerde me om naar de Chinezen en zei dat ik het prachtig vond. Beautiful. Ze reageerden niet. Waar waren we? Welk land of welk eiland was dit? Ook hierop reageerden ze niet, en ik kreeg het gevoel dat ik voor mijn beurt had gesproken. Alsof ze me zwijgend terechtwezen omdat ik vragen stelde tijdens een intocht waarbij praten volslagen ongepast was. Er klonk een schreeuw van een vogel, die kort daarop door de berg aan de andere kant van de rivier weerkaatst werd. Of waren het de verticale bergen zelf die elkaar waarschuwden dat er vreemdelingen in aantocht waren?

Wij gleden langzaam voort en hadden de rivier bereikt. De mist was grotendeels weggetrokken, hing nog wat in flarden om de hellingen en de hoge toppen waren slechts vaag zichtbaar. Verderop leek de rivier smaller te worden, de coulissen schoven dichter naar elkaar en hier en daar was aan de voet van de rotsen een smal schelpen- of kiezelstrandje te zien. Na een kwartier varen zag ik dat de rivier een bocht maakte. Ze stuurden naar de kant. Twee mannen stapten uit en gaven me een teken. Hier? Wat moesten we hier? Geen levend wezen te bekennen, maar ze wilden natuurlijk pauzeren. De stenen van de smalle ruwe zandstrook waren grijs en verschillende bevatten een dubbele streep in de lengte. Gladde, afgesleten keien. Het water spoelde ertussendoor. Ik had vrij dunne schoenzolen en voelde dat het lopen pijn deed. Ik hoorde de motor van de boot weer aanslaan. Het zien van de boot die zich verwijderde van de keienstrook, de plotselinge ontdekking dat ik de enige was die uit de boot gestapt was en bij het herstarten van de motor niet in de boot was teruggesprongen, vervulde me een ogenblik met het fatalistische gevoel van: zo hoort het te gaan, natuurlijk wilden ze me niet langer in de boot hebben, ze hadden me aan land gebracht en dat had ik altijd gewild. Maar direct daarna sloeg een wilde paniek toe. Verdomme, kut-Chinezen, wat moet ik hier? Waar was ik? Hoe kwam ik hier weg? Ik schreeuwde naar die kerels, maar ze wezen alle vier naar de bocht, en toen de boot gedraaid was, werd de motor weer op volle kracht gezet en het geplof verscheurde de plechtige sfeer van de rivier. Opnieuw een baan van schuim en het duurde niet lang voordat de boot en de Chinezen uit het zicht verdwenen waren.

Dit was een plek waarvan ik me goed kon voorstellen dat er een heel jaar niemand langskwam. Achter me een keienstrandje en dan een loodrechte rots. Geen enkel spoor van bewoning. Heel even een beeld van mijzelf, wegsmeltend in die onbeheersbare huilbui. Dat schokkende, wilde janken op een middag in Den Haag, ik dacht na een ontmoeting met mijn moeder, hoewel ik nu betwijfelde of het iets met haar te maken had. Ik probeerde de paniek te onderdrukken. Tijd zat gehad om uit te rusten, hield ik mijzelf voor. Ik had nog een hele dag voor me. De Chinezen hadden naar verderop gewezen, hier blijven had geen zin. Voorzichtig liep ik de keienstrook af.

Ik stapte in het ondiepe water en schuifelde, één hand tegen de rots om bij een misstap toch houvast te hebben, door de bocht van de rivier. Ik liep aan de binnenzijde en tuurde in het ondiepe water zodat ik wist waar ik liep. Voorbij de bocht hief ik mijn hoofd op en stond meteen doodstil.

Voor me, zo'n vijftig meter verder, lag een reusachtig zeilschip, een driemaster. Versieringen als hoekmannen, houten leeuwen, wapenschilden, een kajuit, en boven de kapiteinshut een grote, stille, vertrouwenwekkende Nederlandse vlag. In die vlag een vlek die ik eerst niet herkende, maar toen ik de tekens kon ontcijferen, besefte ik dat het een voc-vlag was. Ik las de naam van het schip: De Liefde.

3

Het schip hing uit het lood. De masten stonden niet rechtop maar wezen iets meer naar de overkant van de rivier. De achterzijde van het schip rees met zijn veelkleurige versieringen hoger op uit het water dan je zou verwachten en boven al die kleine ramen wapperde de reusachtige Nederlandse voc-vlag. Het zien van die vlag alleen al gaf me een gevoel van thuiskomen of op zijn minst het idee dat er enige hulp in aantocht was. Ik onderdrukte de neiging mijn handen als toeter aan mijn mond te zetten en iets als 'Hallo, Hollanders' te roepen. Ah, juist, allicht! Die Chinezen hadden dit schip bedoeld toen ze me wezen op Belanda aan deze kust en in deze riviermonding. Ik had ze toen niet begrepen.

De brede rand van het schip begon bij de boegspriet of bij het rijkversierde galjoen (zo heette dat, dacht ik) en liep met een bocht die op het laagste punt vlak boven het water zweefde tot onder de versiering bij de spiegel. Omdat het schip scheef lag, helde de houten zijkant minder steil, en bovendien hingen er trossen touw, zorgvuldig opgerold en vastgeknoopt, vlak bij een plaats waar ik gemakkelijk bij houten randen en luiken kon komen. Het zou me niet veel moeite kosten om aan boord te klimmen. Maar dan? Wat trof ik daar? En zouden die lui het goedvinden dat iedere langsreizende Hollandse toerist zomaar aan boord klom? En hadden die bootgasten niet allerlei flauwekul-ideeën over vrouwen aan boord, wat ongeluk zou brengen? Of was daar helemaal niemand? Want intussen wapperde wel de vlag op een geruststellend trage manier, om aan te geven dat alles echt was en niet een levensgroot plastic of stenen monument, maar aan boord was nog geen levend mens te zien geweest.

Ik besloot eerst langs het schip te lopen. Een poging om hoger op de oeverhelling te komen en van daaraf het dek te bekijken mislukte. De rots was spiegelglad door het water. Ik liep het water in en greep de brede rand, trok me aan een kluwen touw omhoog en via een luik kwam ik bij een uitstekend blok waar tuigage aan vastgeknoopt zat. Tussen alle touwladders door kroop ik aan dek. Ik stond voorzichtig rechtop en sloeg zedig mijn rok terug.

Het dek stond vol kisten en katrollen. Verderop leidde een trap naar een hoger dek. Ook op dat voorste dek was niemand te zien. Wel lagen er slordig kleren en bezittingen opgestapeld. Alsof een bemanning van alles had achtergelaten. Een houten leeuw met goudgeel krullende manen lag languit op de voorste punt van het galjoen te staren naar de volgende groene bocht in de rivier.

Naar de achterkant toe bevonden zich nog twee

dekken, die door de ligging van het schip op een gevaarlijke manier schuin omhoogstaken. Ik hield me vast aan de reling. De zeilen hingen opgerold tegen de dwarsstangen. Ze stonken en waren smerig gevlekt. Ook hier niemand te zien. Het leek erop dat het schip verlaten was. Dan zou ik me bevinden op een voor mij volkomen onbekende plaats, wel in het bezit van een zeilschip, maar onmogelijk in staat daarmee om te gaan. Hopelijk was er een radiozender aan boord. Ik raak niet zo gauw in paniek, maar nu moest ik Fleurtje verdomme een paar keer stevig toespreken. Niet janken, niet trillen. Denk eraan dat bij rivieren vaak nederzettingen en dorpen liggen. Dit kan echt geen klein eiland zijn, want een rivier is een rivier en een zee is een zee. En als er zo'n rivier stroomt, dan moet dat water ergens vandaan komen, en daar zijn bronnen voor nodig of regen en veel land.

In de halfduistere ruimte onder het dek rook het naar mest of naar stro van konijnen dat lang niet ververst was. Ook hier vond ik kisten, kleren, bezittingen, niet allemaal van grote waarde, maar duidelijk persoonlijke eigendommen. Sommige hoeken waren ingericht als werkplaats om touwen, zeilen en houten pinnen, klossen en balken te repareren. Beitels en naalden hingen keurig naast elkaar. Verder naar voren trof ik een kombuis met een volledige uitrusting van pannen en potten en ook borden, bestek en alle soorten pollepels en roerspanen. De smeerboel en de vlekken van roet en rook wezen op houtovens en de met krijt genoteerde gerechten (grut, bonen, stok-vis) maakten duidelijk dat niet alleen de Nederland-se vlag gevoerd werd, maar dat de bemanning ook Nederlands sprak. Maar wat had ik daaraan, als die bemanning spoorloos was? Wat schoot ik op met dit stukje heimwee-Belanda? Volgens mij had dit schip al heel lang niet meer gevaren en was het gedoemd traag te vergaan. Totdat ik met mijn hand over de wand van de oven streek en merkte dat die warm was. Nog warm! Ik voelde op verschillende plekken: warm! Dat kon niet aan de zon liggen, want hier kon geen direct zonlicht komen. Het kon niet anders of er was niet al te lang geleden gekookt en ik had er het opeten van een vol bord vieze grut voor over om te weten te komen wie er had gekookt en waar de feest-gangers gebleven waren.

Er schoot een rat weg vanachter een vat. Een rat! Het eerste leven op deze schuit, en waar er één zat za-ten er meer. Intussen was ik bij het grote stuurwiel gekomen. Ook hier liep de vloer op gemene wijze omhoog en ik moest uitkijken dat ik niet weggleed. Ik greep me vast aan een deurknop, draaide, en ik kwam in een ruimte met enkele deuren. Recht voor me een deur die op een kier stond. Ik drukte hem verder open en, boontje emoticoontje, de tranen van opluchting sprongen me in de ogen (dus verdomme toch janken, dacht ik nog even). Want daar, in een ruimte die de volle breedte van het schip in beslag nam, tegen het licht dat door een rij smalle, gekleur-de ramen viel, te midden van een zekere luxe met zware houten stoelen, gedekte tafel met servies en bestek, zaten vijf mannen. Ze hadden hun gezichten naar mij toe gedraaid. Hun bovenlijven waren bloot omdat het verstikkend warm was.

'Wat krijgen we nou?'

Het klonk keihard, agressief. Het was onmiskenbaar Nederlands en tegelijk onmiskenbaar een afzichtelijk dialect of accent. Geen Haags accent en ook geen Amsterdams. De vraag werd uitgesproken door iemand die duidelijk de leiding had, een man met een ovaal gezicht en een hoog, rond voorhoofd. Zijn lange haren vielen glad langs het hoofd en krulden van onderen eerst naar buiten en dan naar binnen. Hij maakte indruk door zijn stemgeluid en zijn gezag, maar hij had een ouderwetse kop. Vroeger zou ik gezegd hebben: hartstikke retro.

Ik probeerde me netjes voor te stellen, maar nauwelijks had ik een paar woorden gesproken of ik werd door die kerels onderbroken met de verbaasde uitroep (of met de vraag, dat was onduidelijk) dat ik Hollands was. Ik kreeg het woord niet meer. Ze lachten, stootten elkaar aan, riepen van alles over Holland. Daar stond ik tegenover die druktemakers en ik voelde me totaal hulpeloos. Zelf had ik de indruk dat ik me vreselijk aanstelde. Ik was weer terug in mijn kindertijd, in het tehuis van tucht, gehoorzaamheid en het overweldigende gevoel dat je er alleen voor stond. Opnieuw was ik even alles kwijt, alle gevoel, alle contact, alle ervaring en kennis. Opnieuw was ik

volkomen afhankelijk, dit keer van deze vijf lachen-
de en schreeuwende mannen. Mompeldemompel,
stotterdestotter: dat waren mijn antwoorden op hun
vragen.

Dat gevoel van hulpeloosheid verminderde toen
de baas van het stel me toeriep: 'Mijn naam is Van
Hulst. Constant van Hulst. Ik ben de schipper. Daar
is nog een stoel. Ga daarop zitten. En hou op met dat
idiote trillen.' Hij gaf een teken en iemand schonk
me een vreemd smakend, zurig bier in. Ik zat. Ik was
niet geslagen en ook niet meteen teruggestuurd naar
de mangrove en de vijandige bergen. Voorlopig werd
ik door dit gezelschap geaccepteerd. Ik kon zelfs met
ze praten. Ik nam een paar slokken en voelde iets van
mijn gewone kalmte terugkomen.

Als ik hier iets wilde bereiken, dat begreep ik heel
goed, moest ik dat doen via die Constant van Hulst.
Wat was dat voor iemand? Zijn ogen leken meer op
te nemen dan prijs te geven. De flauwe glimlach gaf
zijn gezicht een raadselachtige pokerglans. Alsof hij
beledigende of dwaze gedachten had, die hem plezier verschaften maar die nooit naar buiten zouden
komen. Aantrekkelijke mond, goede neus. Ik ver-
trouwde hem niet helemaal. Er ging geen dreiging
van hem uit, maar hij leek mij iemand die streken
kon uithalen of die een ander ongenadig voor gek
kon zetten. De anderen kletsten, maar soms verstond
ik geen bal van het taaltje dat ze onderling spraken.
Het leek wel Zuid-Afrikaans. Van Hulst sloeg met
zijn vuist op de tafel.

'Swijgh, kleuters, houje beck. Ik wil eerst een paar dingen weten. Ben jij alleen?'

Ik knikte. Mijn handen drukte ik tegen het glas bier op tafel zodat ik het trillen kon tegengaan.

'Waar is je bagage?'

'Achtergelaten. Kwijt. Ik ben alles kwijt. Dit is alles wat ik nog bezit. Rok, schoenen...'

'Hoe ben je hier gekomen?' onderbrak Van Hulst me.

'Gebracht door Chinezen. Dag en nacht doorgevaren. Op topsnelheid. Ze brachten me naar Hollanders. Dat waren jullie.'

'Piraten dus.'

'Lijkt me niet. Dan hadden ze me niet zo netjes afgeleverd.'

'Dan waren het vissers. Vielen ze je lastig?'

'Nee. Achteraf bezien keurige mensen.'

'Je bent natuurlijk op zoek naar een geschikte man.'

Wat is dit voor flauwekul, dacht ik bij mezelf. 'Hoezo?'

'Altijd. Jonge dames die naar de Oost gaan. Die zoeken een goede partij. Maar neem mijn advies aan. Laat je niet in met een van die druiloren die je hier aan tafel ziet.' En toen er een zijn hand ophief: 'Dat zijn kale strojonkers, schijtvalken.'

'Ik ben helemaal niet op zoek naar een man. Zie ik er zo uit, dat ik op zoek ben naar een man? Wekenlang reis ik al door dit rotland en waar ik naar op zoek ben, dat is een plaats waar ik even bij kan komen. Een plaats met een heel klein beetje comfort, terwijl ik wacht tot die klotemaatschappij me weer naar huis kan vliegen.'

Ik was luid protesterend begonnen, toch nog geïrriteerd, maar op het eind praatte ik zacht voor mijzelf uit. Ik besefte dat ik voor die klotemaatschappij een paar noodzakelijke schakels (vliegticket? geld?) miste.

Van Hulst grijnsde. 'Er is een hut voor gasten van de Heren Zeventien. Comfort te over. Wat mij betreft mag je die wel een aantal dagen gebruiken als je dat wilt. Ons loop je niet in de weg.'

Ik haalde diep adem. Het kwam me voor dat ik plotseling alles kreeg wat ik wilde.

'Dat is erg vriendelijk, dank u wel. Ik kom helemaal van de overkant. Een veerboot. Zo oud dat de machine het na een paar dagen niet meer deed. Eén, twee knallen, en daarna helemaal niets meer. Honderden mensen die toch al weinig eten hadden, die kwamen in opstand natuurlijk, en toen lagen er tien, twaalf kleinere motorboten naast ons die alle opvarenden naar de kust zouden brengen. Mij hebben ze helemaal hierheen gebracht. Naar landgenoten zeiden ze.'

Mijn woorden gleden over tafel, vielen op de grond, schoven het dek af en verdwenen onder de warme opgebonden zeilen. De vijf staarden me aan en lieten me vertellen, maar uit niets bleek dat de betekenis van mijn woorden tot ze doordrong.

Ik kreeg nog een glas bier. Vreemd, dik glas. Loodzwaar ook. Ik vond het bier niet echt lekker, maar mijn dorst werd erdoor gelest. Ik bedankte nog een keer voor de hut, maar Van Hulst zei dat ik niet moest zeuren.

'Mag ik wat vragen?' Ik probeerde mijn stem gewoon te laten klinken.

'Ga je gang. Ik ben benieuwd.'

'Wat is dit voor schip?'

'Een retourschip. Leeg heen, vol terug. Snap je? Retour. Het heeft al vijf grote reizen gemaakt, twee van Vlie naar Batavia en terug en de vijfde reis in '59 en '60, weer van Vlie naar Batavia.'

Die man had zijn eigen variant van de wereldbol in zijn kop. Vlie? Bedoelde hij Vlieland? En Batavia? Bestond er een Batavia?

De marine, schoot door me heen. Hoewel, deze vreemde kwartels met hun blote, zwetende lijven, dat waren toch geen marineofficieren? Maar de marine had wel dit soort showschepen. Als erevaartuig of opleidingsschip. Die zeilfestijnen in Amsterdam...

'Wij komen niet uit Amsterdam. We zijn in dienst van de Heren.'

'En die heren zijn de eigenaars van dit schip?'

'Ja. De Compagnie.'

Ah, miljonairs met een hobby, dacht ik. Ik zag vijf mannen. Heren. Ik wist dat de zeilen slordig gebonden aan de dwarsstangen hingen. Een zeil bond je niet in je eentje vast. Er klopte iets niet.

'Hoe oud is dit schip?'

'Het is drie retourreizen geleden gebouwd voor de

Kamer van Enkhuizen op een werf in Enkhuizen.'

'Enkhuizen? Is dit schip in Enkhuizen gebouwd?'

'Ja, voor de Kamer van Enkhuizen. Wat is daar mis mee?'

'Jezus, Enkhuizen. Kunnen ze daar zulke schepen bouwen?'

'Waarom niet? En laat de naam van de Heer maar verzwegen.'

Aha, gereformeerden of katho's. Ik keek snel rond of ik een kruis zag. Van Hulst ging wat gemakkelijker zitten. Misschien vond hij het leuk over zijn boot te praten met een jonge vrouw die niet helemaal achterlijk was. Het schip lag scheef als ik het goed gezien had, en dus vroeg ik voorzichtig wanneer het vergaan was. Ai, fout woord! Hij keek als een ansjovis, alsof hij me wilde waarschuwen niet te ver te gaan. Vastgelopen dan. Toen startte hij een vaag gebrom: eind van de winter; de Hollandse winter; een maand na kerst; de dag voor Kerstmis vertrokken.

Het was wat vreemd om in deze omgeving over winter en Kerstmis te praten.

'In welk jaar was dat dan?'

'Welk jaar?' Als Van Hulst nadacht, kreeg hij iets treurigs, als van een te kleine roofvis. 'Dat moet in '62 geweest zijn. Kerstmis was '61. Dus anderhalve maand daarna. In '62.'

'1962? Dat is vijftig jaar geleden. Hoe kan dat nou?'

Van Hulst draaide zich eerst naar de anderen, maakte een gebaar van 'wat moeten we hier nu mee', en liep daarna zo rood aan dat hij er bijna in stikte.

'Zestien, zestien,' schreeuwde hij, en hij trok me mee naar een balk waar het jaar in gebrand stond waarin het schip gemaakt was: '1654'. Hij dreunde cijfer voor cijfer op. Dit was natuurlijk een zeemansgrap. Een flauwiteit die te maken had met het trotse gevoel van een zeeman voor zijn replica. Maar waarom en wat bedoelde hij ermee?

Hij gebaarde dat iemand mij de hut moest wijzen. Hij stond bij dat in het hout gebrande jaartal naar mijn tieten te kijken. De houding van de zeeman die niet over zijn schip wil kletsen met iemand die daar totaal geen verstand van heeft. De houding van iemand die wil zeggen: leer eerst maar alle namen uit je hoofd. De namen van de zeilen, de masten, de ra's, stengen, dekken en zo verder. Dan zal ik je wel het een en ander over mijn boot vertellen. Nu niet. Je mag op het schip rondlopen, maar val mij niet lastig met allerlei domme vragen.

Ik was in slaap gevallen en werd wakker van gelach. Het was donker buiten. Er werd geklopt en een van de mannen kwam binnen. Ze gingen eten. Ik was ook welkom. Ze zouden het op prijs stellen als ik met de bemanning meeat.

De zeeman had zich kennelijk voor de maaltijd gekleed: een lang hemd met wijde mouwen maar smalle manchetten, zodat de stof ruim om zijn armen slobberde. Ouderwetse laarzen. Brede schachten met omgeslagen bovenranden. De kleur van zijn hemd was pisvaal, een ander woord kon ik er niet voor vin-

den. Ik had eerder al gedacht dat dit de minst fris-
se van het stel was. Behoorlijk kaal, en wat hij aan
haar had was vet en onverzorgd. Kleine ronde knaag-
dierogen. Zijn lippen waren zo sterk gekloofd dat het
leek alsof zijn mond dichtgenaaid was. Hij stelde zich
voor als hoogbootsman.

'Eten jullie altijd grut en stokvis?'

'Nee, kip, konijn, kaas. Goed eten.'

Hij stonk.

In de kapiteinshut waren alle lampen aangesto-
ken en was de tafel volledig gedekt. De drie mannen
die al zaten droegen dezelfde losse, makkelijke, ouderwetse hemden. Bij een van hen zag ik een kraag
die me nogal benauwd leek. Een rand van witte stof,
geplooid, gefrommeld, gerafeld. Alsof er in de kraag
veren genaaid waren. Constant van Hulst droeg als
enige een jas. Lichtgroen, getailleerd, grote kraag en
wijde mouwen. Versierend borduursel. Hij stelde de
anderen voor.

De officier die naast hem zat, de opperstuurman,
was veel jonger. Een jaar of vijfentwintig. Een bleek
gezicht met een rossige snor. Het type dat in geweldige driftbuien kon uitbarsten. Zijn lichte ogen namen
me koel en onderzoekend op. Hij had een dikke bos
vlammend rode haren die hij met onverschillige trots
af en toe naar achteren of opzij streek. De volgende
die aan tafel zat was derde waak. Dat was zijn functie.
Een Aziaat. Een vrij klein lichaam, blauwzwart haar.
Iemand die ik in het café meteen zou weigeren. Ge-
niepig. De vijfde was de kok en die kwam binnen met

het eten. Niet onvriendelijk maar dom. Gewoon een stomme oen. Koken voor dummies. Droeg iets wat op een uniform leek. Grote oren en grote ogen. Altijd wat in zijn mond gestoken: kruid, groente, een botje, een stuk hout.

Met dit gezelschap zou ik de maaltijd gebruiken. Met dit gezelschap moest ik iets regelen om weer uit deze doodlopende situatie te komen. Van Hulst en de jonge rosse kleedden me met hun ogen bijna uit en ik sloeg mijn ogen neer, greep de tafel en knikte vaag. Ze gebaarden dat ik kon gaan zitten. Op tafel stonden glazen wijn, noten, kaas en ronde koeken die op matses leken. Van Hulst verdeelde het gebraden vlees en de stukken kip. Er werd wel gekeken naar de andere borden, maar niemand protesteerde. De kok had er bonen bij. Ze graaiden naar de koeken en naar de kaas en aten alles door elkaar. Iedereen maakte zijn eigen geslurp of gesmak om het eten te kauwen en door te slikken. Tegen de balken hing een geluid van een veelstemmig gekreun. Er werd een tijd niets gezegd, alleen gegraaid en gegeten. Iemand zat met zijn voeten te stampen. Ik probeerde wantrouwig het vlees, maar de verrassing was groot.

'Dit lijkt wel vers.'

De hoogbootsman stak beide wijsvingers omhoog. 'We zouden somtyds het land eens in moeten om varkentjes te stelen. Verderop, nederzettingen, boten, heb ik gezien. Kano's. Eten we weer eens wat anders.'

'Niet van het schip af,' snauwde de derde waak. Hij spuwde achter de rug van de bootsman op de grond.

Interessant, die nederzettingen. Als ik de boot zou verlaten, was ik niet alleen. Maar wat hadden die kerels uitgespookt? Alleen de krappe hutten verlaten en dan hardlopen voor meer flex? Of trokken ze het land in om de plaatselijke bevolking te beroven? Dan kon ik daar niet rekenen op een vriendelijke behandeling. Waarschijnlijk hadden ze vuurwapens aan boord. Van Hulst riep dat er kippenrennen waren; dan hadden ze de kippen toch niet gestolen. Beneden op het koebrugdek, legde hij uit, waren hokken getimmerd. Ze hielden geiten, konijnen, kippen. Meer dan genoeg beesten. Ja, levende, voegde hij eraan toe, toen ik verbaasd reageerde. Die rosse tussendoor: wat ik dan dacht? Iedere keer als die naar mij keek of iets tegen mij zei, voelde ik me op hautaine wijze aangevallen. Alsof ik stomme opmerkingen maakte, of dat ik hier niet thuishoorde. Ik vond het dierenmishandeling, die beesten in de benauwde en donkere ruimte.

'Niet kletsen. Smaakt die kip of niet?' Van Hulst had duidelijk geen zin in dit soort gevoeligheden.

Ik knikte. Ik zag dat ze al kauwend naar me zaten te loeren. Alle vijf.

'Het is niet van belang hoe die beesten de dag doorkomen. Geslacht vee meenemen gaat niet. Dat bederft in een week.'

'Je kan het toch invriezen?'

Ze barstten uit in een hard gelach. De mond van de hoogbootsman stond wijd open. De gebarsten lippen gingen ver uiteen en ik zag stukken kip achter zijn slechte tanden draaien. De derde waak maakte gebaren alsof hij het plotseling vreselijk warm had en stompte de kok tegen zijn schouder. Ik durfde er niet op door te gaan. Zoveel interesseerde me het lot van die kippen ook weer niet. Ik liet me het eten trouwens goed smaken.

Van een kort onderling gesprek, dat plotseling losbarstte terwijl de laatste stukken kip werden verdeeld, verstond ik geen woord. Veel technische termen of zeemanstaal. Bovenkampanjedek en galjoot zouden wel scheepsdelen zijn, veronderstelde ik. Van Hulst sloot de wartaal af met de onbegrijpelijke opmerking: 'Ja, goedendag, hofstee. We gaan met haar erbij niet lopen met kakhielen.'

Stilte. Ze draaiden zich weer naar mij. Degeen die steeds met zijn schoen had zitten stampen, tikte nu een ritme dat allengs trager en zachter werd. Zelfs het smakken en kokhalzen was gestopt.

'Het schip heet De Liefde,' begon ik voorzichtig. 'Dat klopt toch?'

Van Hulst reageerde niet, wachtte af.

'Het is een oud model zeilschip, ziet er prachtig uit, jullie varen er de wereld mee rond, maar het is aan de grond gelopen in een riviermonding. Dat is tijdelijk, neem ik aan. Iets met hoog- en laagwater?'

De bek van de kok viel open.

'Jullie mogen me dom vinden, maar ik begrijp het een en ander niet. Ik heb een paar vragen. Die mag ik toch wel stellen?' Geen reactie. 'Allereerst: hoe zijn jullie hier terechtgekomen? In deze scheve situatie, bedoel ik.'

De opperstuurman duwde zijn rode haren opzij en gaf antwoord. 'Het moeten snelle schepen zijn waarmee die oude Ming-strijders varen. Het kan zomaar gebeuren dat de horizon plotseling rafelig wordt en bij nader inzien blijken er honderden jonken te liggen.'

Van Hulst nam het over. 'Ik zal je vertellen hoe de Eleanoravalk dat doet. In de tijd van de broed, in de tijd ook van de grote trek, gaan de valken vlak bij hun broedeiland in de lucht tegen de wind hangen. Mannetje naast mannetje. Enige afstand ertussen; erboven en eronder allemaal andere mannetjes. Zo weven ze een vangnet, een muur van wel twee kilometer breed en één kilometer hoog, en dan wachten ze op de eerste trekvogels. Reken maar dat die verloren zijn als ze in die muur van valken vliegen.'

Bijna zuchtend zei die rosse dat hij het maar uit zou leggen: hij natuurlijk weer. Een nicht, dacht ik ineens, die gast is een nicht. Hij deed met zijn handen alles na: achtervolgen, optillen, naar beneden duiken. Zijn verhaal klonk overtuigend, ook al sprak hij onduidelijk en met veel scheepstermen en technische woorden. Dat zij zelf de trekvogel waren die met kostbare vracht naar Holland voer. Dat plotseling een ontelbare hoeveelheid jonken van Coxinga verschenen was aan de horizon. Ze konden nog net op tijd draaien en de riviermonding in varen. Dat een fluit een vlakke bodem heeft en een retourschip niet. Dat een galjoot een kustvaarder is en een retourschip niet. Dus wat was het gevolg? Opgetild worden, over het zwaartepunt schuiven en met de neus in het zand duiken. Ik begreep het.

Ik draaide met mijn vork op mijn bord rond twee achtergebleven, eenzame bonen. Het was wel verdomd veel informatie. Hij had snel gesproken. Expres. Om me in de war te brengen. Ik kreeg het gevoel dat ze me ertussen namen. Stilte. Iedereen kauwde stukken kaas en er werd wijn ingeschonken.

Er was een naam, dacht ik. O ja, Coxinga. Wie dat was? Wat Van Hulst toen zei: 'Ming-aanhanger. Hij die de keizerlijke achternaam mag dragen.' Niet te geloven! Als hij dat ter plekke verzon, had die Van Hulst dan effe een blitsmoment. Va va voom-gevoel. Maar nu wist ik wel wat er aan de hand was. Deze lui met hun replica waren een avontuur aangegaan en hadden de pech gehad door zeerovers in een hoek gedreven te zijn. Ze mochten van geluk spreken.

Ik vroeg of het niet te lang zou duren, dat vastliggen. Wat had ik dan aan hun boot en aan hun vlag. Dat viel dus tegen. Zonder hulp was loskomen onmogelijk. De spiegel lag te hoog.

'En uitgraven?'

Weer een hard gelach. Iedereen bemoeide zich ermee. Herhaalde de woorden van de ander. Te veel zand. Te zwaar werk. Opnieuw kreeg de kok een geniepige stomp.

'Hebben jullie dat allemaal ingestudeerd?'

Ze verstomden. De kok met een bot waarop hij kloof. De hoogbootsman met zijn starende varkensoogjes en zijn gekloofde lippen die in de drukkende stilte per los stukje leken te bewegen, alsof ze inderdaad bestonden uit losse delen die met een dun draadje verbonden waren maar wel zelfstandig konden springen en samentrekken.

'Leg dat eens uit.' Van Hulst peuterde tussen zijn tanden.

'Nou, die Ming-aanhangers en die valken, en die Coxingel en die toneelkleren van jullie. Jullie grap. Van de zeventiende eeuw.'

Iedereen zat roerloos. Werd de sfeer grimmiger? Had ik dat goed?

'Jij moet je niets verbeelden.' Van Hulst spuugde wat etensresten op zijn bord. Ik bleef doodstil zitten, mijn ogen gericht op de bonen.

'Wisten wij dat jij kwam?' Met nadruk op ieder woord.

'Nee, dat kon u niet weten.'

'Dan kunnen wij ook niets instuderen voor jou. Waarom zouden we? Jij denkt dat jij zo belangrijk bent dat wij iets instuderen? Om je komst te vieren? Nou, niet dus.'

Van Hulst zette in de stilte neuriënd een melodie in. Een voor een vielen de anderen bij. Af en toe werden er klanken of woorden gevormd, soms duidelijk, soms vaag gemompeld. De melodie maakte buitengewoon weemoedig.

Van Hulst schoof zijn bord met kippenbotten weg, waarbij de botjes van het bord rolden. Achteloos klemde hij het geraamte in één greep in elkaar en klatste alles op zijn bord terug. Hij leunde achterover en veegde het vet van zijn hand af aan zijn geborduurde jas. Iedereen dacht dat hij wat zou zeggen, maar hij liet de stilte voortduren. Af en toe leek er een rilling door het houten schip te gaan, alsof een golf tegen de boeg sloeg die het schip verder het zand in drukte of optilde zodat het weer bijna vlot kwam.

Er brandde een lamp op de tafel, een in een ijzeren kooitje gevangen glas waarin een lont dreef. Voor drie ramen stonden soortgelijke lantaarns die een groen licht op het glas wierpen. De stoel van Van Hulst had een hogere rugleuning. In de bovenste dwarsverbinding was het teken van de voc aangebracht. De rode plafondbalken waren voorzien van uitgehakte en vergulde spreuken in het Latijn. Juist omdat het hier zo indrukwekkend was en op allerlei manieren in het teken stond van vroegere glorie, drukte het gevoel zwaar dat het schip een hartstikke machteloze reus was geworden en dat alles hier onecht was. Een spel.

Toen we opstonden omdat de maaltijd echt wel beëindigd was, stond ik naast de hoogbootsman, en zonder dat er iets in zijn gezichtsuitdrukking veranderde, liet hij achter elkaar een aantal winden. Ik hoorde het duidelijk. Hij deed het met opzet en uit gewoonte en het interesseerde hem geen ene moer dat ik ernaast stond en het hoorde.

Die nacht droomde ik dat we wegvoeren. Terwijl ik half struikelend naar het verdek rende, zag ik dat we op volle zee waren. Van Hulst las met donderende stem een vonnis voor, terwijl de rosse driftig aan het stuur stond te rukken; de hoogbootsman stond te pissen en hield tegelijk samen met de derde waak de kok vast, die te dom was om te beseffen dat hij straks opgehangen zou worden. Voor en achter wapperden de megavlaggen van de Republiek. De vastgebonden vervuilde zeilen rukten aan de dwarse ra's. Ik raakte volledig in paniek en werd hevig transpirerend en hijgend wakker in mijn hut.

Het schip lag doodstil. Niets volle zee. We lagen evenals de dag ervoor, iets scheef, iets opgetild op de lage oever van een rivier die uit het Aziatische binnenland kwam stromen. Door de patrijspoort zag ik de bomen van Azië, de werkelijke bomen van de eenentwintigste eeuw, en ik moest mijzelf met enig geweld dwingen tot een heldere gedachte in plaats van deze warboel over de tijd. Ik waste mijn gezicht met water en trok mijn kleren aan.

Een dag later zag ik de derde waak en de kok naar beneden lopen. Ik wachtte even, aarzelde, liep ze toch maar achterna en zag dat ze op het koebrugdek stonden te beraadslagen. Wat wilden die twee? Verderop waren de hokken van de konijnen en de kippen. Daar stonk het. Ik hield me een tijdje schuil, bekeek stiekem de twee zeelieden die zonder me in de gaten te hebben een razendsnel gesprek voerden en toen, alsof ze een afspraak gemaakt hadden, elkaar op de handen klapten. Ze liepen naar de hokken van de kippen en probeerden daar een of twee dieren te vangen. Even later stonden ze tegenover elkaar met ieder een haan onder de arm, klemvast zodat de dieren niet spartelden, alleen angstig of venijnig in het rond keken met die hoekige, onelegante bewegingen die bij kippen en hanen horen. Op dat moment kwam de hoogbootsman langs, zag me staan, grijnsde en liep naar de twee anderen. De derde waak en de kok draaiden zich naar me toe en wij keken elkaar recht in het gezicht, en ik wist me betrapt. Nonchalant stapte ik tevoorschijn en groette. Ze zeiden niets terug en stonden daar als twee bekenden die een ontmoeting hadden met een ongewenste derde, op een marktterrein, de gepluimde tassen onder hun arm. Ik zag dat de kok de kop van zijn haan zacht aanraakte om het dier gerust te stellen.

'Zijn dat de kippen voor de maaltijd?' vroeg ik vriendelijk.

'Nee,' zei de kok, en na een pauze en een korte blik naar de ander, 'het zijn de hanen voor gevechten.'

Ik keek naar het dier dat er nauwelijks agressief uitzag. Eerder bang en schichtig.

'Houden jullie hier hanengevechten?'

'Het zijn geen echte kemphanen. Maar als je ze aanmoedigt en kwaad maakt, dan gaan ze wel tekeer. Echt vechten doen ze niet zo gauw. Op leven en dood dan. We moeten er messen aan binden.'

De hoogbootsman hield als demonstratie twee kleine messen omhoog, nauwelijks een handvat, alleen een dun, vlijmscherp geslepen reepje metaal van een vinger lang, en gaf ze aan de derde waak. Die duwde de hoogbootsman zijn haan in handen, gaf aanwijzingen hoe hij het dier vast moest houden en trok de poot van het beest wat naar voren zodat die duidelijker uit het verenpak stak. Dat herhaalde hij alsof hij de poot aan het melken was. Hij streelde de poot van het dier zacht bij het steeds naar voren trekken. Terwijl hij gewoon door bleef trekken, keek hij me heel kort aan en begon tegen me te praten.

'Hoelang bent u al hier?' vroeg hij.

'Hier op dit schip?'

'Nee, ik bedoel, in deze buurt, in deze zeeën, tussen de eilanden. In deze Ooststreken?'

'Ik ben eerst twee weken op Sumatra geweest. Toen doorgereisd naar andere eilanden. Java. Celebes ook. In Manilla ben ik op de boot gestapt. Bijna een maand, denk ik.'

'Een maand?'

'Zoiets, ja.'

'En dan al die afstanden?'

Op dit moment trok de haan zijn poot terug en maakte fladderende bewegingen, zodat de derde waak zijn aandacht bij het dier moest houden. Even later leek de haan weer rustig.

'Weten ze bij u thuis dat u hier bent?'

Deze vraag overviel me. *Ze bij u thuis?*

'Ik denk het niet. Waar ik precies ben, nee, dat weten ze natuurlijk niet.'

'Net als bij ons,' zei hij. 'Misschien horen ze nooit meer iets van u. Of vrezen ze dat u dood bent. En in hoeverre hebben ze ongelijk?'

'Waarom laten jullie die beesten vechten?'

'Als er een doodgaat, vreten we hem op. Er zijn nogal wat hanen. Die zijn goedkoper. Bij de inkoop. Als we vertrekken.'

'Ik vind het nogal wreed om die beesten te laten vechten.'

'Wreed? Waarom? Voor ons is het leuk en voor die beesten is het de natuur. Zo zijn ze.'

'Je kunt ze toch ook in hun hok laten en ze dan fatsoenlijk doden?'

'Dan hebben wij geen hanengevechten.'

De derde waak nam de haan van de hoogbootsman over en zette hem voorzichtig neer. Ik zag nu dat ze op de grond een lijn hadden geverfd. Zou dat de arena zijn, vroeg ik me af. De hoogbootsman verschoof een paar kisten. De haan werd losgelaten en hij begon voorzichtig zijn poten te strekken en met nuffige gebaren rond te lopen. Ze keken stil naar zijn bewegingen.

'Mag ik nog iets vragen?' probeerde ik terwijl iedereen stil naar het vertraagd stappende dier keek. 'Als jullie vastgelopen zijn, van wie verwachten jullie dan hulp?'

De hoogbootsman antwoordde. 'Een groep bemanning volgt de rivierloop naar het noorden. Die probeert het Mantsjoe-bewind te paaien. De Mantsjoes kunnen Coxinga aanvallen en ons helpen. De andere groep volgt de kustlijn naar het oosten. Dus óf de Portugezen van Macao óf de Chinezen kunnen ons helpen. Daar wachten wij op.'

Het was zo duidelijk als een vuurtoren in een disco.

Ze zeiden maar wat. Ze namen me niet serieus.

'Het zijn geen echte vechthanen, maar ze komen wel van de eilanden,' zei de kok. 'Ze hebben een territorium en verdedigen dat tegen indringers. Wij hebben geen verzorgers.'

'Worden ze na afloop dan verzorgd?' vroeg ik verbaasd.

'Niet na afloop, tíjdens. Om door te kunnen vechten. Er moet er altijd één dood. Dus wie verzorgd is kan weer een klap uitdelen. Wie weet is dat de definitieve klap.'

De haan werd opgepakt en nu kreeg zijn tegenstander de kans het terrein te verkennen. De eerste haan bewoog veel meer dan voor zijn vrije loop en hij probeerde in de armen van de hoogbootsman zijn vleugels uit te slaan. De hoogbootsman had grote moeite het dier in bedwang te houden.

'Jullie houden dat echt vol, hè, dat jaartal dat in die balk gebrand staat, jullie grap van de zeventiende eeuw. Jullie willen me erin laten lopen. Maar jullie tijd deugt van geen kant. Hier, die hanen. Komen die ook uit de zeventiende eeuw? Die mannen die me hier hebben gebracht wisten dat jullie hier lagen. Niet pas, maar al lang. Die waren echt uit de eenentwintigste eeuw met hun motorboot. Ze kenden jullie. Hadden jullie vlag gezien. Deze boot, die mag dan uit de zeventiende eeuw zijn. Maar die dieren toch niet? En jullie toch niet? Jullie liggen hier al maanden te niksen en jullie verzinnen van alles om de tijd te doden.'

Ze lieten me praten. Ze vonden het niet interessant wat ik zei. De kok keek geboeid toe hoe zijn haan de piste doorliep en af en toe een vreemd loopje maakte. Ik zag dat de derde waak de messen stond te keuren. Het beviel hem en hij legde de scherpe stukken metaal zorgvuldig op de grond en greep met een snelle draai de loslopende haan bij een vleugel. De kok knielde en moest het dier vasthouden. Weer de poot masseren en toen voorzichtig een mes pakken. De derde waak was een tijd aan het frutselen en toen droeg de poot van de haan een extra spoor, een glimmend spoor dat venijnig naar de tegenstander wees. De derde waak pakte het andere mes, drukte de poot van de haan tegen de grond, wat me niet ongevaarlijk leek, omdat het mes al aan die poot gebonden zat, en tot mijn afgrijzen sneed hij een teen van het beest af. Er leek een rilling door het dier te gaan.

Wat hij nu in godsnaam deed?

'Dan strekt hij straks zijn poot naar voren en is het mes gevaarlijker en effectiever.'

De hoogbootsman bood zijn haan aan voor een gelijke behandeling. Ik vond het een walgelijke vertoning en wilde niet opnieuw kijken. Ik draaide me om naar de kok, maar die had geen belangstelling meer voor mij, want zijn gewonde haan fladderde plotseling zo heftig dat hij hem liet vallen. Ik wenste ze veel genoegen en liep weer terug naar het kampanjedek. Blauwe lucht, stilte, groene beboste oever. Het water van de rivier spoelde langs het scheefgezakte retourschip.

Hardnekkig bleef Van Hulst volhouden dat we in de zeventiende eeuw leefden en dat de eenentwintigste eeuw en het idiote jaartal 2010 nog verre toekomst waren, gesteld dat dat jaar ooit gehaald zou worden, wat niet zeker was, want in het jaar 2000 zou er natuurlijk een onvoorstelbare ramp plaatsvinden. Die ramp is uitgebleven, zei ik, waarop hij me weer aankeek alsof ik een vriendelijke krankzinnige was. Ik kon beweren wat ik wou over eenentwintigste-eeuwse techniek, over de motorboot waarmee ik hier gekomen was, maar bewijzen had ik niet. Had ik mijn paspoort of mijn iPhone maar bij me gehad. Hier in deze uithoek vlogen geen vliegtuigen over, voeren geen motorjachten langs, trok geen tractor de bosrand open. Alles lag erbij zoals het er al eeuwen bij gelegen had. Inderdaad: de tijd had hier stilgestaan. Dit waren geen mannen die een grap met me uithaalden. Zo lang hield je dat niet vol. Zou er iets bestaan als een soort gezamenlijke, besmettelijke gekte? Door een eenzaam langdurig verblijf in zo'n kleine ruimte? Dat je dan wanen en hersenspinsels gaat delen? Ik probeerde me te verplaatsen in iemand die als gevolg van een vreemde kortsluiting in de hersenen ervan overtuigd was dat hij in een vroegere eeuw leefde. Ik sprak hem niet meer tegen en probeerde er mijn voordeel mee te doen.

Maar er waren een paar feiten die hardnekkig wezen naar een werkelijke zeventiende eeuw en die nauwelijks verklaard konden worden als het om een gezamenlijke gekte ging. Hun kennis van Amsterdam en van Hollandse stadjes als Enkhuizen, Hoorn, Haarlem en Leiden was altijd van oude datum. Oude begrenzingen, al lang niet meer bekende families, regels en wetten die volslagen uit de tijd waren. Over de voc spraken ze alsof ze er inderdaad voor werkten. Van Hulst lulde over de aandelen van Enkhuizen, over anticipatiepenningen en over soevereine rechten overzee. Hun salarissen klopten totaal niet met wat een beetje gangbaar was. Constant van Hulst ontving 60 gulden per maand en de kok 22 gulden. De anderen zaten daar ongeveer tussen. Na een paar dagen bedacht ik dat ik wel kon vragen naar beroemdheden uit die tijd. Ik vroeg me af of ik mezelf nog wel serieus nam. Maar ze moesten door de mand vallen. Daar was ik op uit: ze te ontmaskeren als fantasten.

BN'ers uit die eeuw. Hoeveel kende ik er? En hoe zeker wist ik dat sommigen in de zeventiende eeuw thuishoorden en niet in de eeuw daarvoor of daarna? Shakespeare, kenden ze die? Dat zou interessant zijn. Een buitenlander, maar vooruit. Glazige ogen. Wie dat was? Een Engelse toneelschrijver. O, Engeland, nee, daar was oorlog mee, daar kon je beter niet veel vanaf weten. Dat was zelfs gevaarlijk. En toneel? Wat hadden zij daarmee te maken. Als er aan boord uit verveling iets met toneel gedaan werd, eindigde dat altijd met knokken, want strijk-en-zet wilden de matrozen de boef van het stuk kielhalen en aan de boegspriet binden. Shakespeare, nog nooit van gehoord.

Rembrandt dan. Ze zochten steun bij elkaar. Ook

een toneelspeler? Nee, een wereldberoemde schilder. Atelier in Amsterdam. Tja, schilder in Amsterdam: er waren er zoveel. Het zal wel. De opperstuurman meende van Rembrandt gehoord te hebben. 'Had hij niet al die zeeslagen...' De poging eindigde in gebrom.

Vermeer dan? Nee, kenden ze niet, ook uit Amsterdam? O, Delft, nee, daar kenden ze niemand. Ik bedacht dat deze kerels, uit welke tijd ze dan ook kwamen, natuurlijk geen enkele interesse hadden in schilderkunst of in literatuur. Stom van me.

Huygens, riep ik. Ja, riep Van Hulst, kijkers. Huygens maakte kijkers. Of hij hem kende? Nee, maar hij wist wel dat Huygens kijkers maakte. Huygens, jazeker. Waar die woonde? Hoezo? Hoe moest hij dat weten?

En Oldenbarnevelt? Ik vroeg me af of dat zeventiende eeuw was. Toen ik die naam noemde protesteerden ze alle vijf. Dat was lang geleden, maar dat was nog steeds gevaarlijk. Niet over godsdienst praten. Niet over politiek praten. Dat deden de anderen. Ze hadden de stadhouder weggestuurd, maar je had voor je het wist weer ruzie en onlusten. Nee, Oldenbarnevelt was een slechte tijd. Toen gingen zij vragen. Wie ik dan kende. Paludamus, kende ik die? Ze zagen het al. Ik wist niet veel. Paludamus, de beroemde Enkhuizer arts met zijn enorme verzameling stenen en monsters en planten. Zelfs de universiteit van Leiden had belangstelling gehad. Als je het dan had over wereldberoemd: die man was wereldberoemd.

Dat ik die niet kende. Dat was stom van mij. Kortom, het gesprek liep hopeloos dood. Wie die Paludamus was, geen enkel idee.

4

Tijdens een van de nachten werd ik wakker omdat ik me kleddernat in de lakens had klemgerold. Terwijl ik naar het grijze licht keek dat traag de hut vulde, begon mijn moeder door mijn gedachten te sjokken.

Mijn moeder met alle verwondingen, opgelopen tijdens de gevechten met mijn vader, tijdens de avonden dat ze in elkaar geslagen werd, tijdens alle vernederingen die die rotzak kon verzinnen. Mijn moeder met de geestelijke hechtpleisters en noodverbanden van het opvanghuis. Terwijl ik in een pleeggezin een acceptabele jeugd terugkreeg, zakte mijn moeder af naar een bedenkelijk niveau van asociale gekte. In het begin, toen ze pas met hulp van het opvanghuis een nieuwe woning had betrokken, bleef ik op straat met haar staan praten en iets later, toen ik zelf op kamers woonde, bood ik aan een keer de was te doen en wat boodschappen te halen. Dat van die was bleek ze al snel volkomen normaal te vinden en ze had de volgende keren plastic tasjes bij zich met de vuile was erin die ze als vanzelfsprekend ruilde voor de schone. De boodschappen die ik voor haar deed waren steevast verkeerd. Te duur; inferieure kwaliteit; hoe ik erbij kwam dat in die Turkse winkel te halen; wist ik dan niet meer dat ze absoluut geen volkoren mocht hebben; worst in glas, dat had ze zo vaak gezegd, dat smaakte nergens naar. Enzovoorts, enzovoorts. Bloemen? Hoe haalde ik het in mijn hoofd? Dacht ik soms dat ze vazen in de kast had staan? Het was niet bedoeld om te kwetsen, zo was ze nu eenmaal, en in haar hoofd waren schakelaars of zekeringen voor altijd kapotgeslagen. Dat stond me steeds voor de geest. Hoe kon ik kwaad op haar worden?

Haar spirituele situatie liep vet verkeerd. Ze ging over straat zwalken, droeg kleren vol gaten en scheuren en klampte voorbijgangers aan met de zonderlingste verzoeken. Ze vroeg zoveel aandacht dat het me te veel werd en ik probeerde ontmoetingen met haar te vermijden. Dat was niet gemakkelijk, want hoewel ze helemaal niet in de buurt woonde, liep ze wel iedere dag naar de binnenstad in de hoop haar dochter tegen te komen, of ze reed zonder te betalen met de tram hierheen via het tramviaduct van Ternoot.

Ik stopte met haar was en haar boodschappen. Maar zo gemakkelijk kwam ik niet van haar af. Ze plofte de tas met wasgoed naast me neer als we stonden te praten. Ze liet de was achter voor mijn kamerdeur als ze erin slaagde via de comestibleswinkel binnen te komen. Lijsten met boodschappen stopte ze me in de hand samen met wat munten die nog niet eens voor een vijfde voldoende waren. Ik verbood haar op mijn kamer te komen. Niet meer aanbellen, niet op straat gaan staan roepen, niet meelopen en niet blijven zeuren om binnengelaten te worden. Ik had mijn eigen leven.

Eerst begon ze te schelden. Midden op straat, waarbij omstanders hun pas vertraagden en geamuseerd omkeken. Toen begon ze hartverscheurend te huilen. In beide gevallen was het argument dat ik toch echt niet mijn eigen moeder kon buitensluiten. Ik was het enige wat ze nog had in het leven. Daarna begon ze allerlei idiote situaties te verzinnen waarvoor ze toch in mijn kamer moest komen. Als ze nu met een vriendin in de buurt was, kon ze dan niet... Ze had helemaal geen vriendin. En wat als ze in de buurt van mijn huis in elkaar zakte door verval van krachten? En wat als ik zelf hulp nodig had en zij dat als moeder aanvoelde?

Soms liep ze mee tot vlak bij de deur, één keer zelfs twintig meter achter me aan met overdreven wegschuilen als een achtervolgende detective, in de overtuiging dat ik niets in de gaten had. Ik sloot de deur vlak voor haar neus.

Als er 's avonds bij de maaltijd kip werd geserveerd, dacht ik steeds: haan, geen kip. Toen de kok op een van die avonden de maaltijd op tafel zette, zag ik dat hij een blauw oog had en schrammen in zijn gezicht. Mijn eerste gedachte was dat de haan dit keer van hem gewonnen had, maar dat bleek onzin. Hij was door de derde waak in elkaar geslagen, begreep ik uit opmerkingen van Van Hulst. Dat was vreemd, want die twee leken me juist uitermate bevriend met elkaar. Van Hulst keek geërgerd voor zich. Mijn voorzichtige vraag wat er aan de hand was werd genegeerd. De opperstuurman maakte wat loze opmerkingen over een koersberekening en de hoogbootsman probeerde een buienradar, maar die werd snel afgekapt.

En toen, kluivend aan de haan, die naar mijn overtuiging vermoord was door een rivaal, omdat er een verzonnen territorium verdedigd moest worden, zei Van Hulst met volle mond en na een zwaai met het bot dat hij dat gezeik en geruzie om een vrouw hier niet wilde hebben. Dat ze daar geen donder mee opschoten. Hij was op dit schip verantwoordelijk voor rust en orde, en als alle ruziemakers ergens in het uitgestrekte land liepen en hij alleen met enkele officieren en onderofficieren was en ze één gast hadden, een vrouw, toegegeven, maar als nou die paar mensen die over waren om die vrouw gingen vechten, dan zou hij bij een volgende keer geijkte disciplinaire maatregelen nemen. Als ze dat maar beseften.

Ik zat doodstil, trok heel voorzichtig een stuk kip van het bot, nipte van de wijn, keek niet op. Wat was er dan precies gebeurd? Een gevecht? Daar had het die middag op dat koebrugdek toch helemaal niet naar uitgezien? Dat de derde waak en de kok om mij gevochten hadden kon me werkelijk niets schelen. Ik vond het stom van die kerels. De derde waak zei dat hij trouwens helemaal geen zin had zich te verdedigen, want wat moest die griet op dit schip. Die griet was ik dus. Ik protesteerde, maar Van Hulst zei dat ik me niet moest aanstellen. En toen riep hij naar de anderen, dat iedereen mij met rust moest laten en dat iedereen er rekening mee moest houden dat ik een vrouw was en dat vrouwen nu eenmaal delicater zijn. Dat sloeg als kut op dirk, vond ik zelf. Er werd minder gesproken dan anders tijdens de maaltijd, maar toen de meeste gerechten op waren en iedereen flink wat wijn gedronken had, werd de sfeer beter.

Omdat ik zelf over die idioot van Coxinga begon, kreeg die rosse de kans Coxinga te beschimpen, die tegen de Mantsjoe-keizer vocht. Ik vond het zo'n onzin, die geheimzinnigheid over Mantsjoe, dat ik feller dan de bedoeling was uitviel.

'Maar welke Mantsjoe-keizer dan? Mantsjoe-keizer van welk land?'

De hoogbootsman hield zijn hand voor zijn mond en zat met pretogen te lachen. 'China, China,' zong hij een paar keer zacht, alsof hij me het goede antwoord bij een examen voorzei.

'Nee,' riep ik, 'dat kan niet. Jullie gaan me niet wijsmaken dat China een keizerrijk is. Dat jullie dat denken. Keizer van China, hoe komen jullie erbij?'

De bootsman bleef lachen en bijna had ik mijn glas naar zijn kop gegooid. Op dit schip zeventiende eeuw, dacht ik, het was te gek voor woorden, maar misschien was het op een onverwachte manier waar. In hun geest, of zoiets. Maar als ze de wereld erbij gingen betrekken, als ze de hele wereld gingen veranderen, waar hield het dan op? De laatste keizer van

78

China, daar was door een Italiaan al een film over gemaakt, zo'n megamovie over het verleden. Maar die kenden ze natuurlijk niet, die film.

Van Hulst, die zichzelf graag hoorde praten, kwam met een redenering van het soort dat je wel vaker hoort. Je weet dat het onzin is, maar als de fantast klaar is, denk je: begin eens opnieuw, dan kan ik de fout aanwijzen. Want dat aanwijzen waar het precies scheef gaat blijkt niet gemakkelijk te zijn. Hij begreep mijn verwarring over de Mantsjoe-keizer wel. China was een ingewikkeld land, zei hij. Kennelijk zijn favo land, want hij sprak er behoorlijk enthousiast over.

Zijn redenering ging over de manieren waarop de Chinezen hun keizer vereren. Er bestond een verering zoals de ochtend en een die leek op de avond. De avondlijke verering gold de duistere, onveranderlijke macht van het keizerschap. Die verering was in een onnaspeurbaar ver verleden begonnen en zou lang voortduren in de toekomst. Wie het keizerschap vervulde viel in de donkere avond niet waar te nemen. Niets veranderde, er kwam geen einde aan de nacht. De ochtendlijke verering was helder. Je ziet de persoon van de keizer en je neemt veranderingen waar: veroudering, troonopvolging. De avondlijke verering trof je vooral aan in dorpen, de ochtendlijke bij de hoffunctionarissen en bij ieder die bij de keizerlijke plechtigheden was betrokken.

'Net als de avond en de ochtend elkaar afwisselen,' besloot Van Hulst, 'en beurtelings toekomst en verleden zijn, is hier in dit land de verering van de keizer, maar ook het leven zelf, tegelijk eeuwig en tijdelijk. Hier leven verleden, heden en toekomst naast elkaar.'

Stilte. Niemand durfde iets te zeggen.

'Dus?' probeerde ik voorzichtig.

'Binnenkort ga ik jou, Fleur Dodenbier, vertellen hoe ik op mijn vorige reis in contact kwam met de keizer van China. Trouwens, die naam van jou is heel gewoon, hoor, in onze tijd. Daar is niets vreemds aan. Hij hoort bij uitvaartmaaltijden. Hoe rijker de dode, hoe meer rundvlees en speenvarken en jenever en bier. Dat is dodenbier. Je familie heeft daarmee te maken gehad.'

'Mijn vader heeft te maken met jenever en bier? Toppie, goed geraden. Maar zijn vader heette ook al Dodenbier en diens vader ook. Ze zijn niet zo genoemd omdat ze zoveel dronken. Of in uitvaart handelden. Buffetten verzorgden of zoiets.'

'Ja, stop maar. Wat ik zeggen wil is iets anders. Zelfs je naam komt uit deze tijd en nog steeds neem je niet aan dat het heden midden in de zeventiende eeuw is. Met jouw gekte wordt het moeilijk leven, Dodenbier. Afwijkingen zijn lastig en niet ongevaarlijk. Toch komt elke denkbare afwijking wel ergens voor. Mensen die denken dat ze God zijn of de duivel. Een koning van Frankrijk dacht dat hij van glas was en elk moment kon breken. Mensen die dachten dat ze een personage in een toneelstuk waren. Jij denkt dat je eeuwen vooruit leeft. Het is je niet aan te zien, hoewel ik me afvraag hoe je in die luchtige kleding door dit wilde land getrokken bent.'

Ik zweeg. Ik was op dit schip overgeleverd aan een schipper die aan waanvoorstellingen leed. Hoe vriendelijk Constant van Hulst tot nu toe ook geweest was, als hij zijn eigen regels en wetten zou toepassen, dan zou ik vallen onder een achterlijk zeventiende-eeuws scheepsreglement. Als schipper moest hij dat uitvoeren: doodstraffen en lijfstraffen, zelfs voor lichte vergrijpen als vloeken, wegsmijten van half bedorven eten en niet meedoen aan het ochtendgebed. Buiten dit schip, gewoon in mijn eigen tijd, zo had ik de indruk, interesseerde niemand zich voor wat hier gebeurde; op dit schip zochten ze het zelf maar uit. De houding van de Chinezen op de snelle motorboot was duidelijk geweest.

Een van de daaropvolgende dagen vroeg Van Hulst naar mijn ouders.

'Mijn ouders?'

'Ja. Dat is toch niet zo'n gekke vraag?'

'Mijn vader is een hufter.'

Hij draaide zich naar me toe en ik had de indruk dat hij me een klap in het gezicht wilde geven en dat hij zich maar met moeite inhield.

'Wat wil je nog meer weten? Iets over mijn moeder? Ik woon al heel lang op kamers; ik heb niets meer met mijn moeder te maken. Ik weet zelf niet of ik dat mens nu haat of dat ik toch wel van haar hou. Mijn moeder is altijd iedereen tot last.'

Ik keek even naar Van Hulst. Hij zei niets.

'Ze heeft periodes van neerslachtigheid. Dan verwijt ze zichzelf dat haar huwelijk stukgelopen is. Ze verwijt zichzelf dat ze me verwaarloosd heeft. Ze zit een uur zwijgend met haar hoofd te schudden. Ze somt op klagende toon iedereen op die het volgens haar ook fout gedaan heeft. Uiteindelijk begint ze me om vergeving te vragen, en als ik zeg dat het zo wel goed is, begint ze opnieuw. En dat tot in de vintage eeuwigheid. Mijn moeder is in het verleden blijven steken. Die kan niet meer uit die kapotte situatie komen. Ik wel. Ik leef modern en ik wil verder. Sorry voor jullie zeventiende eeuw, maar zo is het. En doe me een plezier en trek andere kleren aan. Je mag die kleren toch wel eens wassen? Sla ze door een sopje. Dat maakt ze wat frisser. Het is nu een straf om naast je te zitten en om jou te ruiken.'

Er verstreken twee kalme dagen voor Van Hulst terugkwam op zijn voornemen mij over de keizer van China te vertellen.

Ik geloofde niet, zo vatte hij het probleem samen, dat we in de zeventiende eeuw leefden. Gewoon in de zeventiende eeuw, net als iedereen. Bovendien zei ik dat China geen keizerrijk meer was. Als hij me kon overtuigen van het bestaan van de Chinese keizer, dan kwamen we een heel eind.

Yep, dacht ik, daar hebben we hem: de keizer van China, die poepte zijn Mina. Voor mij toch net als de koningin van Lombardije een figuur uit een kinderversje. De half achter mijn hand verborgen grijns werd uiteraard verkeerd geïnterpreteerd door Van Hulst.

Hij ging er eens goed voor zitten en legde uit dat hij op zijn vorige reis een bijzondere opdracht had gekregen van de Heren Zeventien.

'Die vorige reis begon dus vier jaar geleden. Vier jaar, versta je? Vier jaar voor mij is ook vier jaar voor jou. Dus je weet over welke tijd ik praat, nietwaar? Vier jaar geleden. Hou dat vast. Het had allemaal te maken met hun wens handelsposten in China op te richten. De opdracht draaide om ene Ferdinand Verbiest uit Kortrijk. Van Ferdinand Verbiest had ik nog nooit gehoord. Jij?'

De naam zei me niets.

'Verbiest bleek een jezuïet te zijn en hij was een beroemde astronoom die in China wilde gaan werken. Die man was allemachtig geleerd en hij sprak ook nog Chinees. Dus ze wilden hem daar wel hebben.'

Van Hulst vertelde dat hij samen met die Verbiest naar China moest reizen om contacten te leggen en verdragen te sluiten. Maar alles mislukte; Verbiest wilde niet meewerken. Het was een stille gast. Hij kwam zijn hut niet uit, behalve voor de hoofdmaaltijd aan de kapiteinstafel. Hij at zwijgend.

'Vier jaar geleden zat hij daar nog. Waar jij nu zit,' zei Van Hulst indringend.

En terwijl hij praatte en praatte en ik met enige verbazing vaststelde dat er weinig van zijn woorden tot me doordrong, luisterde ik naar het geluid van zijn stem, dat me deed denken aan het Boerse Zuid-

Afrika en dat wonderwel paste in deze omgeving. Rauw, diep gorgelend en van een grommige hardnekkigheid. Wat ik leuk vond in het verhaal was dat Verbiest een stapel ongelijke vellen papier of perkament bestudeerde en dat Van Hulst dacht dat het afbeeldingen van hekken en houtstapels waren; maar het ging om een grammatica van het Pekinees dialect. En hij kwam echt op dreef toen hij vertelde hoe ze een storm uit kwamen en de voorspoed langszij kwam. Zo'n meeuw zeilt zonder een enkele vleugelslag mee, de kop alert schuin naar voren en de blik scherp omlaag. Een schipper denkt dan dat zo'n vogel het fortuin voorstelt. Of dat die vogel de ziel meedraagt van de heilige die voor behouden vaart kan zorgen. Hij bidt om rust in het weer, balans in de zee, discipline in de oersterke en vijandige matrozen. Taaiheid in het tuig en strakstaan van de zeilen.

Verder was het nogal eindeloos wat hij allemaal vertelde. Over drie jonken waarmee ze naar het vasteland van China voeren; over hoe ze het blauwgroene land binnentrokken op pony's; over het dorp waar ze een tijd bleven hangen en dat nogal idioot Glans van Gedroomde Rivier heette. En ik zag de handen van Constant die zich om een wijnglas vouwden en waarvan de vingers zacht tegen elkaar tikten om zijn woorden te onderstrepen. Want hij praatte maar door en ik betrapte me er zelfs op dat ik dacht: wat kan mij die hele Verbiest schelen, wat heb ik met die vent te maken, maar dat was niet aardig voor Constant. Die vertelde dat allemaal niet voor niets. En dan luisterde ik weer naar zijn stem en dwars door de woorden heen hoorde ik de vogels in de bossen langs de kant schreeuwen en ik dacht dat deze Constant een even raadselachtig wezen was als de onzichtbare, kwetterende en schreeuwende dieren in die bosrand die van geen tijd of eeuw afwisten.

En toen, zo vertelde hij, kregen ze bezoek van drie grote platte wagens met een rijke opbouw van roodgelakt houtwerk en zijden gordijnen. Tussen de kussens prijkte een wanstaltig dikke Chinees.

'Dat was zeker de keizer van China?' veronderstelde ik hardop, en *poepte zijn Mina* dacht ik er stil achteraan.

'Nee, dat was niet de keizer zelf. Die dikzak, dat was een keizerlijke gezant, en die Verbiest, die vier jaar geleden nog hier zat, werd uitgenodigd bij de keizer van China aan het hof te komen werken. Vier jaar geleden! Bij de keizer van China! Nou jij!'

In de stilte klonk een onregelmatig kraken van het houten schip alsof hier en daar door het klimaat het breeuwwerk eruit geduwd werd. Er rolde iets over een van de dekken. Een scharnier piepte. Ik zag dat Constant een schichtige blik op me wierp en vervolgens nors zijn gezicht wegdraaide. Het was duidelijk dat hij gehoopt had grote indruk te maken met zijn verhaal.

'Vier jaar geleden,' zei ik.

'Ja, vier jaar geleden,' herhaalde hij.

Wat moest ik hier nu van denken? Hoe slecht ik ook geluisterd had en hoe eindeloos het verhaal ook

85

was, ik had niet de indruk dat Constant alles had zitten verzinnen. Wat is waarheid, zei Pilatus, en dat was goed gezien van die ouwe Romein. Ik was terechtgekomen in een omgeving waar ze alle begrip voor wat zich in de realiteit afspeelde waren kwijtgeraakt. Net zoals het tehuis uit mijn jeugd konden er gemeenschappen zijn, gevangenissen, internaten, dorpen, sektes, met zo weinig contact met de overige wereld dat de opgesloten of teruggetrokken individuen zich geen enkel beeld meer konden vormen van wat er buiten aan de hand was. Maar dat zoiets tot zo'n gat in de tijd kon leiden als hier, had ik mij nooit kunnen voorstellen. Als deze man niet toneelspeelde en meende wat hij zei, dan waren zijn zeventiende-eeuwse fantasieën voor hem de werkelijkheid. Ik moest oppassen dat ik niet zelf gek werd.

'Natuurlijk heb ik Zijne Kosmische en Lichtgevende Majesteit zelf nooit mogen aanschouwen,' ging Constant na een pauze verder, 'maar Ferdinand Verbiest zit vaak schouder aan schouder met de keizer gebogen over dezelfde papieren met getekende hekken en houtstapels die ik gezien heb.'

'Waarom vertelt u me dit allemaal?' vroeg ik. 'Wat heb ik met die Chinezen uit zestienhonderdzoveel te maken?'

'U hebt met mij te maken. U hebt met China te maken. Waar denkt u dat wij liggen? In het Damrak soms? Ik toon aan dat hier een keizer regeert.'

Ik maakte een sussend gebaar.

'Maar u hebt de keizer van China dus ook niet gezien?'

'Nee, dat is onmogelijk. Alleen Verbiest...'

'Die Verbiest wel?'

'Verbiest wel, ja. Die wordt ontvangen in de privé-vertrekken van het binnenpaleis en gebruikt soms het middagmaal samen met de keizer.'

'Wat doet Verbiest dan?'

'Tot de persoonlijke liefhebberijen van de keizer hoort het bouwen van kamergrote kooiconstructies voor zijn duizenden vogeltjes. Verbiest maakt zich onmisbaar door steeds nieuwe versieringen voor die kooien te verzinnen: zonne-uurwerken, horloges, vaasuurwerken van Chinees porselein, alsof die vogels op elk uur van de dag willen weten hoe laat het is, slingers, katrollen en waterpassen. Hij heeft een wagentje gemaakt dat op stoom de hele dag door de kooien rijdt. Dat noemt men het grootste wonder: hoe dat wagentje uit zichzelf beweegt.'

'Kan je ook iets vertellen dat die algemene *men* in China niet weet?'

'De keizer draagt een koker van ivoor aan de rechterzijde van zijn gordel. In die koker zitten verschillende instrumenten, onder andere een oorlepeltje, een klein ivoren schepje voor de persoonlijke hygiëne waarmee hij zijn oren van smeer en vuil kan reinigen.'

Ik moest hardop lachen om dat idiote, keizerlijke oorlepeltje. Constant ontplofte.

'Wat weet jij weinig van de wereld!' Hij sloeg met zijn hand op tafel. 'Allemachtig, wat weet jij belachelijk weinig van de wereld. En van wat er in de wereld omgaat.'

Hij sprak met grote nadruk, zong bijna.

'Jij bent nog jong natuurlijk en met je eigen straat-je thuis zul je ongetwijfeld goed bekend zijn. Maar de vraag is of dat genoeg is. Pas als je ontdekt dat er ergens op de wereld een straat bestaat waarin alles letterlijk het tegenovergestelde is van thuis, dan begin je iets te begrijpen van de wereld. Kijk, als je zoals ik de lastige routes van de zeeën bevaren hebt, de landen bezocht hebt waar jij hoogstens van hebt gedroomd, in de nabijheid van de grote keizers van deze aarde hebt vertoefd, dan weet je nóg niet wat er gaande is, wat de wereld je te bieden heeft. Maar je hebt in elk geval een paar verschillende werkelijkheden gezien en je hebt begrepen dat er vele werelden zijn. Jouw werkelijkheid is maar één van alle mogelijke werkelijkheden. Dat geldt voor iedereen. Dat moet je wel onthouden.'

Hij was doodernstig. En kwaad. En dat laatste amuseerde me wel, maar het ontroerde me ook. Constant zweeg een tijd, alsof hij zijn kwaadheid moest wegkauwen. Ik bedacht voor de zoveelste maal dat ik moest zorgen dat ik mijzelf bleef.

'I suffered fools so gladly,' mompelde ik.

'Wat zeg je?'

'Dat is Madonna. Drowned World.'

'Madonna? Dé Madonna?'

'Nee, nee, een popzangeres die zo heet. Laat maar.'

Het kon me niet meer zoveel schelen of het allemaal wel of niet klopte wat hij beweerde. Wat ik zag was iemand die iets onmogelijks voor waarheid hield en die ontroerend zijn best deed mij dat duidelijk te maken. Hij leed zichtbaar onder de gedachte dat het hem nog steeds niet gelukt was mij van zijn gelijk te overtuigen.

5

Had ik te veel van die zware chocoladewijn gedronken bij het eten? Was zijn vriendelijkheid me nog eens in te schenken, terwijl de anderen op een teken van hem naar hun hut gingen, een van tevoren bedacht en sluw uitgevoerd plan? Of was het toch zo dat ik zelf treuzelde, naar de kruik wijn knikte, hem aanmoedigde met mij dat lekkere kletsen voort te zetten, en wilde ik zelf dat hij me grandseigneurlijk uitnodigde? Zijn kapiteinshut stond vol met antieke rommel, dezelfde muffe troep die in allerlei winkels bij mij in de straat te koop lag. Gelukkig zag zijn bed er comfortabel uit. Een snelle blik was voldoende om vast te stellen dat het beddengoed redelijk schoon was en dat ik niet heel erg bang hoefde te zijn voor ongedierte. En voor eventuele zeventiende-eeuwse soa-grappen was ik vast immuun. Dacht ik dat werkelijk op dat moment?

Wat voelde ik voor deze man? In elk geval geen vriendschap. Hij zag zichzelf graag als gezaghebbende ouder en mij als kleine deugniet. Als hij die toon aansloeg, ergerde ik me aan hem. Maar deze avond was zijn houding anders en die ergernis van de vorige dagen was ook niet voldoende om herrie te schoppen en verontwaardigd naar mijn hut te gaan. Intiem zijn met iemand die ik helemaal niet kende was ik gewend. Meestal nam ik dan het initiatief, want veel klanten gedroegen zich in het café en op straat als lefgozers, maar eenmaal binnen bleken ze verlegen jongens. Ze strooiden ongevraagd en omstandig met allerlei commentaar op hun eigen design-interieur of vluchtten naar hun shakers en cocktailprikkers in de huisbar. Hier was niemand verlegen, want er was geen geld mee gemoeid. We moesten elkaar uitdagen om bij beiden de begeerte aan te wakkeren. Dat was ik niet gewend. En uit angst dat ik dit keer als verleidster te kort zou schieten, liet ik mezelf maar al te gemakkelijk verleiden. Bij de eerste hand op mijn kont besloot ik dan maar volle Panenki te gaan, zoals een Brabants kind in het tehuis altijd zei.

De wonderlijke aandacht waarmee hij me uit-kleedde, waarbij hij zich verbaasde over mijn beha en mijn slip en me vroeg waarom ik zulke petiete-rige en knellende kleren droeg. De onverwachte gê-ne waarmee hij zichzelf in een hoek uitkleedde, wat mij de kans ontnam te bestuderen wat voor onder-goed hij dan zelf droeg. Hij kwam stijf op me af en omarmde me, waarbij meteen de lucht van trassi of een ander kruidenspul uit de Koloniale Warenwinkel vol in mijn neus drong. Maar al snel begonnen zijn handen hun eigen retourreizen en ik moet bekennen dat dat supernieuw voor me was. Het gevolg was een kippenvelverlangen naar veel en veel meer.

Ik heb het gepraat over neuken altijd blabla gevonden. Voorlichtingsfilmpjes: óf je kreeg van een
muts in doktersjas de waarschuwing dat je alles fout
deed, óf je hoorde twee tieners die steeds de slap-
pe lach kregen vertellen dat ze niets te gek vonden.
In de praktijk is een groot deel van seks gewoon ba-
saal. Je raakt elkaar aan, liefst niet te wild en met
een beetje gevoel. Je let op elkaar om erachter te komen hoe de ander opgewonden raakt. Bij mij gaat
alles beroepshalve. Zo'n kerel grijpt en wil naar binnen. Hij spuit en dat is het. Klaar. Sommigen moet je
een beetje helpen. Je geeft hier en daar een compli-
ment, dat-ie groot is of lekker. Je hebt soms het gevoel dat je aardig voor elkaar bent geweest. Dat is al
heel erg tof. Maar veel verhalen zijn overdreven verzinsels en lulpraat van zakkenwassers, van mensen
die de gekste dingen met kaarslicht en badschuim
en champagne verzinnen en als je maar smeltend
genoeg over een whoop whoop-momentje voor je-
zelf spreekt, dan zijn er genoeg die die bellen voor
onmisbaar houden.

Er moet daar in die kapiteinshut een gezegend
ogenblik geweest zijn dat ik van actief uitdagen overging naar een passieve houding van toegeven. Dat
ik, om in matrozentaal te spreken, de riemen die me
toch al blaren bezorgden gewoon overboord flikkerde
en lui op de golven meedeinde en afwachtte waar ik
terechtkwam. En er moet een moment geweest zijn
dat ik eindelijk afzag van mijn gebruikelijke ruil:
mijn lichaam is beschikbaar als er materiële winst

tegenover staat, en overging naar het idee dat ik hier volledige lichamelijke genoegdoening uit wilde halen. Dit keer wilde ik zelf aan mijn trekken komen. Wee het zeventiende-eeuwse gebeente van Constant van Hulst als hij daar niet zijn stinkende best voor ging doen.

Was ik eerder in mijn leven op die manier klaargekomen? Met een ander dus? De eerste keer toen ik vijftien was zeker niet. Toen had het alleen maar pijn gedaan en irritatie en geklieder opgeleverd. Met Naturel? Het leek erop. Nee, toch niet; dat was meer lol dan echt gevoel. En later die zelfverzekerde opscheppers die me wel met cadeaus en uitgaan verwenden, maar die op lichamelijk gebied alleen zichzelf bevredigden. Met klanten kwam ik niet klaar. Altijd en altijd op die kerels letten. Het is de vraag wat ze doen: gillen, slaan, huilen. De meesten hebben zichzelf snel weer in de hand. Ze schamen zich. Dat valt me dan weer tegen. En ze werken je meteen de deur uit. Nee dus. Niet eerder in mijn leven samen met een ander klaargekomen. Het hele klaarkomen was een problematische zaak voor mij. Al die verhalen over de zevende hemel; voor mij dan met een gebarricadeerde poort, hoe publieksvriendelijk de poort tussen mijn benen ook was. Ik had mezelf bij het zoeken naar bevrediging altijd in de weg gestaan en hier, bij die gek uit de zeventiende eeuw ging het godbetert van een leien dakje.

Hij was niet vies behaard en hij had een redelijk figuur. Wel vuile voeten, maar daar hoefde ik met mijn gezicht niet tegenaan te liggen. Zijn huid en zijn geslacht waren schoon en sterk, zijn handen weer zacht en attent. Ik voelde dat ik weggleed. Wat me nog nooit overkomen was, gebeurde op dit schip. Ik was er niet op bedacht, het was veel heftiger dan ik vermoedde, en ik voelde dat elke vorm van verzet zinloos was. Dat ik me helemaal niet meer wilde verzetten. Wat door mijn hoofd speelde (en bij de gedachte aan de Confession Tour in de ArenA schoten me de tranen in de ogen) was de rauwe stem, gevolgd door het hoog gezongen, herhaalde 'erotic, erotic, erotic'.

Er zijn vleesetende planten, venusbeker, zonnedauw, hoe die dingen ook mogen heten, die een binnenwand hebben van het allergladste materiaal. Insecten die daarop terechtkomen glijden onvermijdelijk naar beneden. Het vreemde was dat ik mezelf een insect voelde dat reddeloos de koker in gleed en tegelijk voelde mijn kut superglad aan en was ik zelf de beker met de allergladste wand.

Ik voelde de voldoening door mijn buik, mijn baarmoeder en mijn kut trillen, alsof alles bij mij naar een inwendiger, straffer knooppunt getrokken werd. Maar ik wilde meer, ik wilde dat mijn hele lichaam zou meedoen. Mijn vijfvingerige meeldraden, mijn überhotte klaproos, mijn hijgende longen, mijn dorstige lever en alles wat vanbinnen vrolijk vrouwelijk kwetterde. En vooral heel mijn godzalige rimpelloze huid die om me heen gespannen zat, strak, glad en koninklijk rond bij mijn schatrijke billen.

94

Ik stroomde leeg. Zo voelde het aan. Alsof alle verwarring over welke tijd dan ook, alle irritatie en alle vermoeidheid uit me wegstroomden en alsof er een gelukzalige, lichtgekleurde leegte achterbleef. Tot die lichte kleur het gloeiende goud van de eeuw werd, dat als een vuurpijl bleef hangen en langzaam doofde.

Half gehuld in mijn rok en met mijn bloes en ondergoed in de hand ben ik naar mijn eigen hut gestrompeld. Ik wilde de nacht niet met hem in één bed doorbrengen en ik wilde zeker niet dat wij de volgende ochtend door de anderen betrapt zouden worden.

Midden in diezelfde nacht werd ik wakker omdat iemand aan mijn bed stond te rukken. Toen mijn ogen aan het duister gewend waren, bleek er buiten mijzelf niemand in de hut aanwezig. Ik stond op en voelde opnieuw een beweging. Alsof iemand het schip uit het zand probeerde te wrikken. Ik trok mijn kleren aan en opende voorzichtig de deur van mijn hut. Vanuit de andere hutten was geen enkel geluid te horen. Op het kampanjedek zag ik wat er aan de hand was. Bij de grote mast hing het onderste zeil, het grootzeil, in volle glorie dwarsscheeps gehesen aan de ra. Het bolde, trok aan het lopend tuig, de mast kraakte soms, het doek bewoog statig of stond strak alsof er een storm in blies. Het schip trilde maar kwam niet van zijn plaats. Het zeil vormde een holle wand die niet alleen dwars over het overloopdek hing, maar ook ver aan de zijkanten uitstak. De breedte van het schip ter hoogte van de grote mast schatte ik op ruim tien meter. De ra was zeker twee keer zo lang; het doek mat niet veel minder. Ik berekende dat het rechthoekig gevaarte twintig meter breed en tien meter hoog was. Het langzame draaien was bijna plechtig, het plotselinge geklapper angstaanjagend. Ik voelde me een dwerg. De andere zeilen waren opgeborgen of met touwen aan de ra gebonden, alleen dit was gehesen.

Behalve het formaat viel me de kleur op. Waarschijnlijk was dit grootzeil bij de eerste vaart lichter van kleur geweest, maar nu was het vaalbruin tot donkergrijs, vol strepen en vlekken. Teer, zeewater, kotsende zeelui en onderhoudsolie hadden geheime landkaarten getekend. Onuitwisbaar zat op het doek een schatkaart gedrukt, maar de betekenis van de kaart en de plaats van de schat waren voor mij zo duidelijk als een visgraat de luxe. Ik zag groene gerafelde landen, grijsbruine werelddelen en pisgele eilandengroepen waar als meridianen grauwe rechte lijnen overheen getrokken waren langs de naden waar de stukken stof aaneengehecht zaten. De zure stank die het doek verspreidde was adembenemend.

Opnieuw viel het me op dat er niemand aan dek was. Met hoeveel personen moest zo'n groot oppervlak gehanteerd worden? En waren ze daarna gewoon naar hun hut gegaan? Hier was het stil op het geklapper van het zeil na. Het schip zou weg kunnen varen, vaart kunnen maken, als er een gunstige wind opstak met genoeg kracht om dat zeil echt strak te laten staan. Dicht bij het schip zag je de twinkelende nachtlichtgolven van het water. Het zand aan de oever lichtte wit op. De bossen langs de rivier waren donkere stille plekken zonder enige beweging. Nauwelijks was het verschil te zien tussen de heuvels en de lucht daarboven. Vanaf die flauw zichtbare scheidslijn begon de koepel van de hemel die vol sterren stond en die een onvoorstelbare ruimte uitademde. Ruimte, sterren, stilte.

Mijn school had ik afgemaakt. Van mijn studie paleontologie was niets terechtgekomen en ik was een gewone telefoonhoer geworden. Maar zoveel begreep ik wel van de wereld, dat hier in deze sterrenkoepel de tijd niet meer zoals in westerse steden lineair meetbaar was in vijfdaagse werkweken en acht werkuren per dag. Het idee dat dit schip en zijn bemanning een deel van de zeventiende eeuw waren, vond ik in deze nacht volstrekt overtuigend. Tijd was hier als een handvol zout dat je tegen de wind in wierp.

Zo bedacht ik het; zo herhaalde ik mijn gedachte bijna hardop. Hoe verzon ik zoiets? Ik zei altijd dat ik tamelijk nuchter was. Eerder materialistisch dan zweverig. Dus vond ik mezelf een behoorlijke aanstelster met dat handvol zout en, dit keer echt hardop en meer tegen al die blinkende sterren, zei ik: 'Ja, Fleur Dodenbier, zo kan-ie wel weer; ga lekker chillen.' En dit gezegde tinkelde na in de eenzame nacht. Maar dat tinkelen (het geluid van mijn stem, de fladderende klank van mijn naam, ja, juist de nagalm van die aansporing tot chillen) deed me beseffen hoe dat gore zeil, de slapende Constant, zelfs zijn vier zeventiende-eeuwse ondergeschikten me aan het draaien hadden gebracht.

Toen ik op mijn achtste in een tehuis voor vergeten kinderen was geplaatst, had ik op een sombere carnavalsdag tijdens een ommegang en verkleed als Chinees het besluit genomen mijn leven over te doen. Ik had alles opnieuw geleerd; ik had alle spottende opmerkingen genegeerd; ik had alle anderen ervan kunnen overtuigen dat ik de eerste acht jaren van mijn leven teruggedraaid had. De herinnering overviel me en veroorzaakte bij mij een bijna jankend gevoel. Bovendien kwam de vraag op of zoiets niet nog een keer kon gebeuren. Kon ik niet nog een keer opnieuw beginnen? Toen, op achtjarige leeftijd, was ik hemeltergend alleen geweest. Nu stond ik hier weer, achtentwintig jaar, met in mijn rug een stinkend, breed hangend zeil, dat me dreigde op te slorpen. Ik moest mezelf niet megazielig gaan vinden. Ik merkte dat ik na die vrijpartij met Constant emotioneel nogal vreemde figuren maakte. Dat ik mijn onmisbare onverschilligheid verloor. Het had ongetwijfeld ook te maken met al dat geklaag en al dat gekanker op die armoe en op die armzalige hotels van de laatste maand. Ik moest uit mijn comfortzone stappen. Ik moest hier weg.

Ik staarde naar het zeil, niet eens naar de vlekken, maar vooral naar een vrij forse F die ik al een tijd met mijn ogen aan het overtrekken was. Een duidelijke F in donkere kleuren. Een F met een scheve dwarsbalk, maar onmiskenbaar een F. En niet ver daarvandaan stond een *d*, weliswaar in een heel ander lettertype en veel kleiner en de *d* leunde achterover, maar dat donderde niet. Op dat zeil stonden een F en een *d*. Fleur Dodenbier. Florianne Dodenbier. Verderop een paar vlekken die een vrouw zouden kunnen voorstellen als je de linkervlek als paardenstaart zag en als je het figuurtje met de schouder wat omhoog dacht en van half opzij bekeken. Wie dat dan moest voorstellen? Leek het niet een portret van een meisje dat bij me in de klas had gezeten? Plotseling kreeg ik het idee dat alles wat met mij te maken had op dat doek te vinden zou zijn. Mijn hele leven stond op dat zeil geschreven in de vorm van vlekken en druipende tekens en bebloede strepen als in een voorlopig onontwarbaar geheimschrift. Ergens op het zeil moesten, onvindbaar klein of juist heel groot, de initialen van al mijn minnaars staan. Van de tijd die ik in het tehuis had doorgebracht moesten de zwarte dagen en de smartelijke nachten op een of andere manier op het doek vermeld staan. Het tehuis zelf met zijn glanzende, nederig makende tegels; de levens van mijn pleegouders die ik al jaren niet meer gezien had; mijn moeder in treffende gelijkenis of in ideale vorm: dit alles en nog veel meer moest in code, in raadselschrift op het zeil te vinden zijn.

Onder mij, in een diep in de aarde verzonken deel van het schip, sliepen de anderen. Vijf mannen op een scheefhangende, in het zand vastgelopen boot.

Ze brachten de tijd door met dierenmishandeling en met zichzelf en elkaar te vervelen en te wachten op hulp uit Macao of uit een andere plaats, die natuurlijk nooit zou komen. Ik kon me voorstellen dat het ook voor hen verleidelijk zou zijn hun leven over te doen. In elk geval tijdens deze wonderlijke nacht dat besluit te nemen. Deze zeventiende-eeuwers zouden een nieuwe gedaante krijgen. Het waren mijn voorbeelden. De hoogbootsman, verantwoordelijk voor deze mast en dit grootzeil, sliep verderop met armen en benen wijd in volle overgave. Hij paste op die manier niet meer in zijn smalle bed en hing er half naast. Zijn hoofd lag lager dan de rest van zijn lichaam. Zijn gezicht was weer jeugdig en ongeschonden. Zijn haren had hij gewassen en zijn volle lippen weken telkens als hij zijn adem uitblies. Hij had iets gretigs gekregen. Hij lustte het leven. De kok zat aan zijn kleine tafel. Zijn uniform hing uitgespreid tegen de wand gespijkerd om het zonder vlekken en zonder valse vouwen te bewaren. Zijn gezicht was de domme trek helemaal kwijt en toonde zelfs een ambitie. Hij berekende hoe met de eenvoudige middelen een gevarieerder menu samen te stellen viel. Niet voor de officieren, die waren rijkelijk voorzien, maar juist voor de manschappen, die altijd klaagden over eentonig en over te vet en te zout. Hoewel dat niet zijn schuld was, ging hij er toch iets aan doen. Dat zat hij slapend voor te bereiden. De derde waak, die overdag naar lijnolie of teer rook, had een klein wonderflesje over zijn lichaam uitgegoten en lag volledig naakt te soezen. Een lome, erotische halfslaap. Hij bevoelde zacht zijn eigen lijf. Zijn haren hadden de diepe betoverende glans van mensen uit deze streken. Zijn zachte stem mompelde onverstaanbare woorden. Het nachtelijke licht dat bijna mistblauw over zijn lichaam danste, schiep fascinerende schaduwen. In weer een andere hut sprak de opperstuurman zacht zijn voornemen uit naar huis terug te keren. Zijn witte gezicht in de prachtige rood vlammende haarkrans vertelde dat hij zonder enig bericht achter te laten uit huis was verdwenen. Dat hij doorging voor een gestorvene, in de ogen van zijn moeder een bleke engel. Waarom hij zo plotseling verdwenen was zal voor zijn ouders altijd een raadsel blijven. In het luchtledige opgelost. Zo heet dat. Nooit meer iets van vernomen. Constant van Hulst wist niets meer van zijn zeventiende-eeuwse wereld, sliep verderop een droomloze slaap en zou verkwikt ontwaken in de wetenschap dat hij een groot deel van de nacht een onvergetelijke uitverkorene was geweest.

De rotzooi in Constants hut had me op het idee gebracht iets mee te nemen. De hut van de chirurgijn stond open, ik wende aan het donker en pakte een stuk papier weg. Met bruine inkt was er iets op geschreven. Was het toen al mijn bedoeling dit te laten onderzoeken op ouderdom? Onder het overloopdek stonden de hokken van de dieren. In een van de hokken zat een jong wit konijn. Het spartelde niet tegen toen ik het uit zijn hok haalde en onder mijn bloes stopte. Met even groot gemak als ik gekomen was, kon ik via balken met haken voor het want en voor de touwen afdalen en de oever bereiken.

Net als op de weg hiernaartoe kon ik tamelijk gemakkelijk langs het water van de doodstille rivier lopen. Het zou me niets verbazen als het schip iedere keer als ik me omdraaide een fractie doorzichtiger zou zijn geworden, tot het bij de laatste bocht alleen nog maar zou bestaan uit luchtlagen en trillingen en dan definitief voor mijn ogen zou oplossen in nachtelijk bos en spiegelend zilver water.

Die bocht bereikte ik na een uur lopen. Het schip lag er nog steeds, even werkelijk en even zichtbaar als bij de eerste kennismaking. Constant van Hulst sliep; de officieren sliepen; de dieren sliepen. Het was de vraag of ze me morgen zouden missen; ze zouden bijeenkomen, elkaar een goede, zeventiende-eeuwse dag wensen en doorgaan met wachten. Ik koesterde het kleine, zacht bewegende konijn en maakte de bocht. Op geheel normale wijze verdween het schip achter de begroeiing.

Na weer een uur werd het licht. Vooral in de ochtend was de rivier met een lugubere spookachtige mist en nevel bekleed, maar straks, wanneer de hitte uit het land aan kwam rollen, zouden de vlagen oplossen en plaatsmaken voor een schitterend uitzicht. De donkere hellingen gaven de indruk dat daar een tijdloze, sprookjesachtige wereld schuilging, stil en dampend in afwachtende verlokkende houding, maar ongetwijfeld bevolkt met loerend leven. De vormen van de bergen werden weerkaatst in het water, zodat ook de rivier zelf deel uitmaakte van die unheimische, absoluut onwerkelijke wereld. Een lange bochtige dag begon. Hoe ik op een lastig traject over een boomstronk struikelde en viel, waarbij het tot me doordrong hoe hulpeloos ik was als ik hier in die eenzaamheid gewond zou raken. Hoe ik op het heetst van de dag het gevoel kreeg dat ik gevolgd werd. Ik stond verschillende malen stil en spiedde scherp in het rond. Liep daar een dier of een mens in mijn voetsporen? Hoe op een naar rechts buigend traject ineens de zon door de bladeren flitste. Tenminste, dat dacht ik, maar het kon ook een vuurpijl zijn of een ander lichtsein.

In de middag stuitte ik op beschaving. Een open plek waar een pad op uitkwam, waar duidelijk vuur gemaakt was en waar bootjes omgekeerd lagen. Ik bukte me naar een van de boten en tegelijk voelde ik hoe het konijn bewoog en wegsprong. Even zat het beduusd op de grond. Toen ik het liefdevol wilde oppakken, sprong het weg, en een tweede en een derde poging hadden hetzelfde resultaat. Lapin van Hulst schoot onder grote bladeren, maar toen ik ze optilde bleek hij daar niet te zitten. Verderop wel, maar ook daar liet hij zich niet meer oppakken. Hij verdween. Ik raakte hem kwijt. Zo'n dier was hier toch verloren? Dit was de laatste schakel met de zeventiende eeuw. Ik zocht nog een tijd, maar tevergeefs. Roepen had geen enkel effect, mijn kreten klonken potsierlijk.

Ik besloot het pad te nemen en vond na een kilometer of drie een dorp. Toen ging het eenentwintigste-eeuws snel. Iemand kon me wel wegbrengen. In het volgende dorp hadden ze zelfs een motor. Achterop bij een wildvreemde jongen over een eenzaam pad, achter ons een tweede motor met twee hulpgrage vrienden. Ik dacht nog: is dit wel verantwoord? Lok ik niet allerlei gerotzooi uit? Uiteindelijk was er niets aan de hand. De lieverds zetten me af in een stadje en wezen me naar het busstation: een kaal veld met plassen en zandkuilen waar wel eens een roestige bus zou stoppen. Toen ik duidelijk maakte dat ik alles kwijt was en geen geld had, kochten ze een kaartje voor me. Er was daarna gedoe met de politie; ze begrepen niet hoe ik daar terechtkwam. Ik kon hier zonder papieren helemaal niet zijn. Van een voc-schip hadden ze nog nooit gehoord. De monding van de rivier die ik beschreef was verboden gebied. Wat weer gesprekken met andere functionarissen nodig maakte. Het duurde even voor alles geregeld kon worden, maar de beambten waren zeer voorkomend. Ze brachten me naar bedrijven en consulaten waar voorlopige papieren klaargemaakt konden worden. Ik kreeg een lening. Een paar keer sliep ik in uiterst merkwaardige hotels samen met allemaal Chinese kerels die bij de mandi-achtige wasplaats minutenlang hun neus stonden op te halen, rochelden, spuugden en de walgelijkste geluiden maakten. Zo hard mogelijk. Ik bereikte een stad met een klein vliegveld vanwaar ik, begeleid door

een kettingrokende Chinese militair of politieman,
naar Singapore kon vliegen.

6

In Nederland werd ik verwelkomd door regenvla-
gen en koude wind. Den Haag, waar ik me tot vlak
voor mijn reis redelijk comfy had gevoeld, leek me
bij mijn thuiskomst belachelijk en ongastvrij. De
taxi weigerde zo'n korte rit, dus liep ik in mijn klap-
perende zomerkleren van het station naar huis. Mijn
kamer stonk. Als eerste viel me op dat mijn koelkast
lekte en dat het licht het niet deed. In de winkel beneden vertelde de eigenaar dat er tijdens mijn afwe-
zigheid een stop was doorgeslagen en dat ze gemaks-
halve 'de schakelaar van het elektrisch op uit hadden
gezet'. Welk stopcontact de kortsluiting had veroor-
zaakt, ja, dat moest ik zelf maar zien.

En mijn vriezer dan?

Daar had hij niet aan gedacht.

In en naast de plastic dozen krioelden blote, vette
maden. Het duurde uren voor ik alles had schoonge-
maakt. De ene baaldag volgde op de andere. Ik probeerde mijn geld en papieren in orde te brengen.
Hoe ik mijn oude leven weer moest oppakken was
me voorlopig een raadsel.

Uiteindelijk kostte het verlies van de rugzak me

niet eens zo heel veel. Een iPhone natuurlijk, en een pak van dat namaakgeld dat ze in Indonesië gebruiken. Maar mijn bankrekening was niet geplunderd en er kwam geen politie aan de deur vragen hoe het mogelijk was dat een Chinees oud wijf met de pas van Florianne Dodenbier de grenzen van de EU probeerde te passeren. Alsof die drie Chinezen mijn rugzak en mijn kluisje zo in de Zuid-Chinese Zee hadden laten zakken: geld als plaveisel voor de zeebodem; paspoort, geldpasje en iPhone voor de vissen.

Er was nog een probleem. Ik bezat een laptop, maar daar was iets goed mis mee. Hij weigerde te synchroniseren. Communicatiefout, zei hij. Ja, klojo, doe daar dan wat aan, schold ik terug. Na schelden ging ik mishandelen en dus was het toestel nu helemaal van slag. De studs en de spikes zaten verkeerd, zeg maar, en ik was niet crea genoeg om al die problemen op te lossen. Mooi dat ik nooit fatsoenlijk back-ups had gemaakt. Alle adressen en telefoonnummers lagen wel in de Zuid-Chinese Zee, maar ze stonden niet op die laptop. Dat wist ik zeker. Mijn iPhone had ik altijd als voldoende beschouwd. Alles stond er op. Wat wilde ik nog meer? Daar moest ik voor boeten.

Na een paar weken radiostilte wilde ik toch de aansluiting met de buitenwereld herstellen. Eerst maar naar die telefoongigant. De winkel had het nieuwste model niet voorradig en na een kort gesprek tipte de verkoper me een ander adres. Daar vond ik een aantal goedkope aanbiedingen, nieuw en gebruikt.

Voor onwaarschijnlijk weinig geld kocht ik eenzelfde toestel als ik in China had achtergelaten. Niet 16 GB, dat hadden ze niet, maar 8 GB, en toen ik verteld had wat ik ermee deed, trok die scharrelaar een spottende grijns en zei dat ik daar meer dan genoeg aan had. Bovendien was het toestel niet wit maar zwart. Wit met 8 GB bestond niet, zei hij. De kleur beschouwde ik maar als een teken van boete dat ik zo stupi was geweest hem gewoon te laten liggen. Nog onderweg kreeg ik een hekel aan dat toestel met die grafkleur. Bovendien was dat toch belachelijk: een tweedehandstoestel. Wie zegt dat ze dat ding niet als dildo gebruikt hadden?

Bij de Mauritskade draaide ik vegend op mijn toestel de hoek om en ik liep opnieuw mijn moeder tegen het lijf. Waar ik al die tijd geweest was? Ze zag er bespottelijk uit in een afgedragen babyblauw bomberjack. Ik had helemaal geen zin om te antwoorden, maar gewoon doorlopen was al te gek.

'Indonesië,' zei ik stuurs.

'Wat moet je daar nou?' schreeuwde ze. Ze hield haar hoofd vreemd schuin.

'Oude schepen bestuderen. VOC. Dat soort dingen. Mooi jasje heb je aan.'

'VOC, oude schepen,' herhaalde ze met een flinke dosis wantrouwen. 'Wat doe jij tegenwoordig voor werk?'

Ai, dacht ik, bingo! Maar ze sneed gelukkig een ander onderwerp aan.

'Is dat je telefoon?' Ze strekte haar klauwtje al uit.

'Ja, net gekocht,' liet ik me ontvallen.

'Tegenwoordig heeft iedereen zo'n ding. Niemand kijkt meer waar hij loopt. Wat is je nummer?'

Toch een beetje trots dat ik het al uit mijn hoofd had geleerd, flapte ik 20666244 eruit. Ze kreeg een loerende uitdrukking. Ik kon me wel voor mijn kop slaan. Wat was dit voor stom gedrag? Ze zou het hopelijk over een minuut vergeten zijn.

'Mooi nummer,' zei ze peinzend.

'Vind je?'

'Ja. Allemaal tweeën: tienmaal, driemaal, tweemaal. Heb je gehoord dat ik verhuisd ben?'

De kans dat mijn moeder die reeks getallen zou onthouden nam toe, maar ze had toch geen telefoon.

'Verhuisd? Waarnaartoe?'

'Een huis hier vlak achter.'

Ze draaide zich om in een poging de woning aan te wijzen en toen zag ik de forse blauwe plek onder haar kaak. Ik bevroor vanbinnen.

'Woon je daar alleen?'

'Nee.' Ze trok de kraag van haar jack omhoog. Mijn god, dacht ik, ze zal toch niet opnieuw...

'Met wie,' begon ik, maar dit keer was zij het die met een wuivend weggooigebaar afscheid nam en er plotseling vandoor ging. Babyblauw.

Om de schade die mijn clientèle had opgelopen zo goed mogelijk te herstellen, zag ik twee mogelijkheden. Allereerst ging ik terug naar het café, schudde wat handen en liet een naam vallen. Zagen ze die nog wel eens en wat was zijn nummer ook alweer? Vervolgens zocht ik in een weinig gebruikte la omdat ik wist dat daar oude agenda's in lagen en kladblaadjes met adressen en nummers. Toen ik alle beschikbare gegevens bijeengesprokkeld had, kieperde ik de hele la met rotzooi om in een vuilnisbak. Na een paar dagen had ik een gedeelte van mijn clientèle terug in mijn pikzwarte 3G. Het café had een uiterst geringe bijdrage geleverd. Ze kenden daar geen privézaken of wilden die niet aan me geven. Ik stuurde berichten dat ik weer bereikbaar was, maar dan op dit nieuwe nummer.

Vanaf de keer dat ik besloten had mijn adres geheim te houden en mijn privéleven te beschermen, was het óf een hotel óf bij de klant thuis. Een hotel was veilig, makkelijk en onpersoonlijk. Andere klanten hadden geen zin ook nog een hotel te betalen en vonden het best me thuis te ontvangen. Het heeft me een schat aan gegevens opgeleverd over de slaapkamers en de toiletten van Haagse heren. Van een matras op de grond en een dekbed onder de kattenharen tot aan een donkerpaars behangen en geverfd boudoir met indirecte verlichting en een bed op een matglazen, roze lichtbak. De badkamers waren nog zotter. Iemand had een wc-rolhouder die bij ieder velletje 'Te Lourd' op de bergen' tingelde.

Een van de eersten met wie ik na de reis weer contact had was Marco. Marco was een hotelklant. Hij was een jaar of vijftig, zweette als hij zich ongemakkelijk voelde, betaalde zeer goed en was in elk geval geen creep. Anderen wilden wel eens experimenteren, maar hij wilde wat hij al heel lang gewend was, en dat dan met een jonge meid. Over zijn werk of gezin sprak hij nooit. Vermoedelijk was hij leraar of ambtenaar, of iets bij het vervoer, want hij was precies op de hoogte van de laatste treinen en bussen. Wel had ik gemerkt hoe drammerig hij kon zijn als hem iets geweigerd werd of als de zaken anders liepen dan hij zelf gepland had. Dan veranderde hij in een egoïstische kwal die ik beter meteen kon dumpen. Na twee of drie keer moest ik hem duidelijk maken dat ik niet zijn speeltje was. Hij had de neiging in het café en op straat bezitterig zijn arm om me heen te slaan, waar ik niet van gediend was.

De laatste keer voor mijn reis had hij te veel gedronken. In de auto naar het hotel ging het al fout. Op de Rijksstraatweg stond hij plotseling stil. Midden op de weg. Er kon zo een achterligger op ons knallen.

'Wat is er aan de hand?'

Hij stak een sigaret op en wees in de verte. 'Rood.'

'Man, je staat zeker honderd meter van het stoplicht af. Honderd meter lege weg. Zou je niet tot aan de streep rijden?'

Hij tuurde, probeerde zijn ogen scherp te stellen, mompelde toen wat en trok voorzichtig op.

Hij maakte er niets van, vertelde onsamenhangende verhalen. Deed zijn jasje uit, trok zijn das scheef, knoopte zijn overhemd los, probeerde me te grijpen en zei toen dat hij moest pissen. Hij bleef lang weg, maakte rare geluiden en kwam terug terwijl hij

steeds 'sorry, sorry' mompelde. Hij gaf me zijn portemonnee waar ik zelf het bedrag uit kon halen.

Na mijn reis ontmoette ik Marco bij toeval. We
kwamen elkaar op straat tegen, niet ver van de
schouwburg. Ik zag er lekker ordi uit met fout goud
en shiny parels. Tot mijn verbazing stelde hij voor
naar de Bodega te gaan, een tent voor oude notarissen
en loopse toneelhomo's. Hij zou de consumptie betalen. Waar ik al die tijd gezeten had.

'Ach, overal,' zei ik ontwijkend. Hij ontving met
een minzame lach de ober, die voor mij een witte
wijn neerzette en voor hem een zwarte koffie.

'Ik vroeg toch cappuccino,' zei hij verbaasd.

'U vroeg koffie, mijnheer.' De ober wilde er niet
lang over ruziën.

'Marco, je zei koffie.'

'Ik zei cappuccino en ik wíl cappuccino.'

De ober tilde kop-en-schotel op en beende weg.

Er viel een stilte; ik nam een slok wijn. Verdomme,
waarom was ik met hem meegelopen?

'Overal?' hervatte hij het gesprek.

'Indonesië. Vooral Indonesië. Iedereen volgt dezelfde route.' Hij kreeg zijn cappuccino en bestelde er
een cognac bij. 'Na Java ben ik afgeweken. Ik kwam
op Celebes terecht.'

'Die ober lijkt op Robert Long, zag je dat? Waar
kwam je terecht? Celebes? Kan je daar als toerist
heen? Celebes, Sulawesi.'

'Na al die busjes wilde ik een bootreis maken en
dat kon vanaf Celebes.'

'Bootreis. Tja, eilanden, nietwaar? De gordel van smaragd.'

'Uiteindelijk kwam ik op een groot zeilschip terecht.'

'Zo zo.'

De ober zette een cognac voor hem neer en Marco had de onbeschoftheid op te merken: 'Goh, in één keer goed.'

Ik had niets in de gaten. Stom, stom, het interesseerde hem geen bal. Hoe moest ik hem in godsnaam vertellen wat ik beleefd had.

'Het was een voc-schip.'

'Ze maken alles na tegenwoordig.'

'Nee, het was een echt voc-schip.'

'Hoe weet jij dat nou?'

'Nou ja, dat zeiden ze. Het schip was van de voc, het vervoerde spullen voor de voc, die kerels aan boord waren in dienst van de voc.'

'Hoe bedoel je?' Hij liet de cognac in het glas dansen.

'Ze leefden in de zeventiende eeuw. Ze hadden contacten met de keizer van China.'

'Met wie?' riep hij eerst hard door de zaal, en toen trok zijn gezicht sarcastisch scheef. 'Tjonge, meisje, wat hebben ze jou wijsgemaakt? *Ze, ze?* Wie waren die *ze?*' Hij boog zich voorover en had zijn gezicht vlak bij het mijne gebracht. Zijn huid zag rood: de plotselinge opwinding van het belachelijk willen maken.

'Er woonden vijf mannen op die boot.'

Marco lachte honend. 'En alle vijf hebben ze jou een fikse zeventiende-eeuwse beurt gegeven. Hoe zeggen jullie dat? Fack, fack, fack.'

Even wachtte ik en toen vroeg ik waarom hij zo grof deed. We zaten in een keurige bodega. Zo hoefde hij me niet te behandelen.

'Zeventiende eeuw? De eeuw van Hooft, Vondel, Huygens. Een eeuw van literatuur en kunst. Wat weet jij daarvan? Dat gaat bij jou het ene gat in en het andere gat uit. Jouw verstand zit toch gewoon in je kont?' Grote slok cognac.

'Marco, je bent een klootzak. Ik probeer je iets te vertellen wat me van streek gemaakt heeft. Als ik je zeg dat het daar aan boord zeventiende eeuw was, dan begrijp ik zelf ook wel dat het onlogisch klinkt, maar dan kan je nog wel fatsoenlijk luisteren. Je hoeft niet te reageren met lompe en vulgaire praat. En die arrogante, botte toon pik ik helemaal niet.'

Verschillende oudjes zaten geamuseerd te kijken. Marco zweette en zijn scheve lach brak zijn gezicht op onsympathieke wijze open.

'Tut tut tut, een beetje dimmen, hè. Jij bent toch niet echt een stom kind? Is het hier zeventiende eeuw? Nee. Is het ergens anders zeventiende eeuw? Nee. Nergens, op geen enkele plek ter wereld. Hoe primitief het daar ook is. Je bent niet goed bij je hoofd als je serieus praat over verschil in tijd. Over dat het ergens anders eeuwen vroeger is. Waardeloze cognac, zeg.'

Hij sprak veel zachter. Ook hij had gezien hoeveel

belangstelling de omstanders hadden. Hij boog zich weer voorover, reikte naar mijn middel en trok me bij de band van mijn rok naar zijn stoel. Expres of niet: zijn vingers knelden mijn huid en dat deed pijn.

'Blijf van me af!' riep ik. Hij liet los.

'Je bent wel veranderd,' zei hij na een tijd stilte.

'Hoezo veranderd? Jij kent me helemaal niet.'

'Weet je,' zei hij plotseling een stuk rustiger en met een vastberaden trek op zijn gezicht, 'ik heb helemaal geen zin om met jou ruzie te maken. Waarom zou ik met jou ruziemaken. Dat ben je gewoon niet waard. Zeker niet over zoiets stoms als hier vandaag en verderop zeventiende eeuw. Jij bent voor als ik zin heb en daar betaal ik voor en waarom zouden we dat niet zo houden? Dat lijkt me duidelijk. Morgen of overmorgen bel ik je op en dan gaan we er een nacht flink tegenaan. Kont in de hoogte en je roept maar: leve de voc.'

'Je hebt gelijk,' zei ik rustig.

'O, mooi dat je het inziet. Waarin eigenlijk? Waarin heb ik gelijk?'

'Dat ik veranderd ben. Vroeger accepteerde ik je geld, maar ik hoef je niet meer. Je mag je geld houden.'

'Ach kom. Daar meen je geen donder van. Jij bent gek op geld en ik betaal goed.'

'Je hoeft me niet meer te bellen. Je zoekt maar een ander voor je kleffe pleziertjes.'

Terwijl ik opstond, bedacht ik dat ik hem veel harder wilde krenken, maar ik vond de woorden niet. Ik pakte mijn jasje en mijn tas en wou weglopen, maar hij greep mijn pols, hield die pijnlijk vast en rukte me in een vernederende positie vlak bij zijn gezicht.

'Luister goed, snol.'

Natuurlijk had ik moeten lachen om dat woord. Wie gebruikt nou zo'n idioot woord? Wat een rare vent was het toch. Maar ik was veel te kwaad om te lachen.

'Als jij in de zeventiende eeuw wilt leven en als jij denkt dat anderen dat serieus moeten nemen, dan zijn jouw hersens waarschijnlijk al aangetast door de sief.'

Wat hij verder nog zei ontging me, omdat ik even voelde waar precies zijn duim zijn andere vingers raakte om mijn pols. Ik wist dat dat de zwakke plek was, rukte mijn arm plots los en liep bij hem weg.

'Flikker toch op, hufter!' riep ik bij het volgende tafeltje, wat de heren daar behoorlijk schokte, maar Marco zelf helaas niet, want die hoorde het niet. Wel zag ik nog dat hij omgedraaid zat en met het lege cognacglas naar de ober zwaaide en geen aandacht voor mij had terwijl ik bijna jankend van woede de glazen deur opende, en omdat die nogal zwaar ging, trapte ik ertegen, wat iedereen in de tent alarmeerde.

Al weken was ik terug in mijn woning boven de comestibleszaak en ik had mijn huishouden weer op orde gebracht, maar de kleren die ik tijdens mijn terugreis had gedragen en die als enige bagage in huis teruggekeerd waren, lagen nog steeds zoals ik ze bij de eerste thuiskomst uit de zeventiende eeuw had neergegooid. Rok, bloes, schoenen, ondergoed. Wat moedeloos, alsof ze er enig besef van hadden dat ik ze nooit meer zou dragen en dat ze waarschijnlijk bij iets als Secondhand Rose zouden belanden.

Toen ik dat eenmaal geconstateerd had, besloot ik de hele boel dan maar meteen stiekem voor de deur van de tweedehandswinkel te zetten. Ik zocht een geschikte doos en raapte de kleren op om ze uit de kreuk te halen en op te vouwen. In de rok zaten twee zakken. Links een zakdoekje, rechts een papier. Doing! Herkenning! In het kille Haagse daglicht zag ik dat het stugge papier wat vergeeld was en dat daarop met bruine inkt enkele woorden en getallen geschreven waren. Met enige moeite las ik: *opperchirurgijn 36; chirurgijnsmaat 20; tweede maat 12.* Het kon een salarisberekening zijn. Dit papier was het enige wat ik nog bezat van de tijd op het voc-schip. Het zou me in tijden van twijfel terug kunnen voeren naar de zeventiende eeuw. De wetenschap dat ik dit papier op ouderdom kon laten onderzoeken, gaf me de stralende zekerheid dat ik niet gek was en dat alle Marco's van de wereld het nakijken hadden.

Op een middag schalde Madonna. Ook in deze zwarte had ik als beltoon 'Like a Virgin' ingesteld. Een klant die een afspraak wilde maken, dacht ik, wat werd versterkt door de stilte die volgde toen ik de toets had ingedrukt. Nog een keer, ik: 'Zeg het maar.' En toen knalde uit het grafzwarte apparaatje: 'Hier mevrouw Dodenbier uit Den Haag', en na een stilte waarin ik met mijn iPhone jongleerde en het ding net niet liet vallen, weer keihard: 'Florianne, ben jij dat?'

Geërgerd begroette ik mijn moeder, begreep dat ze mijn nummer onthouden had en vroeg wat er was. 'En gil niet zo.'

Opnieuw schreeuwend: 'Ik bel vanuit een café, Florianne, kan je me verstaan?'

Ik probeerde haar op de gedachte te brengen dat ze ook zacht kon spreken. 'Moeder, waarom bel je?'

'Heb je een tv? Ja, natuurlijk. Vanavond komt er een programma met schepen. Dat vind jij vast leuk. Met de voc. Voor mij is het niks, want op de andere kant is *Het mes op tafel.*'

Zo stomverbaasd was ik dat ik even stil bleef.

'Florianne, Florianne,' tetterde het opnieuw. 'Ben jij het? Kan je me verstaan?'

'Bel je daarvoor op?' vroeg ik.

'Ja, de voc, daar had jij het over. Om halfnegen.'

'Moeder, luister eens, je vertelde dat je verhuisd was. Woon je dan samen met iemand?'

Pauze.

Moeder, zachter: 'Kan je niet verstaan, wat zeg je?'

Ik haalde diep adem. 'Heb ik het juist dat je weer met mijn vader... Dat is toch niet zo, hè? Je woont toch niet opnieuw bij die engerd? Dan is alles voor niets geweest.'

Lange pauze.

'Florianne,' gilde ze, 'ben jij het? Ben jij aan het toestel?'

'Kunnen we een afspraak maken, moeder? Dat we elkaar gewoon spreken?'

Geroezemoes. En toen verbrak ze de verbinding. Verdoofd bleef ik achter tot het halfnegen was.

Mijn kleine tv, een ouderwets bol ding, functioneerde meestal naar tevredenheid, maar vertoonde soms alleen maar huppelende pixels. Meestal liet ik het apparaat uit en ging ik me elders vermaken. Pas om tien voor negen overwon ik mijn aarzeling en zette het toestel aan. Omdat eerst het geluid doorkwam, hoorde ik: '...aan de tragische gebeurtenis die het voltooien van het programma maandenlang heeft opgehouden.' Dit moest een ander programma zijn, maar toen werd het beeld zichtbaar. Uit een landkaartje bleek dat het wel degelijk om de voc ging. Ik lag languit voor het toestel en met enige spanning wachtte ik het vervolg af. Het schip dat in beeld kwam was ongeveer zo'n type als het schip waar ik dagen op had doorgebracht. Het wond me op, maar ik kreeg het gevoel dat ik van iets beroofd kon worden. Terwijl het schip met volle, spierwitte, door de zon beschenen zeilen op de oceaan voer, zoomde de camera in op details. Precies op het moment dat een hand aan het roer en de mouw van een helblauw, kraakhelder uniform zichtbaar werden, wist ik dat ik geen seconde meer zou willen zien. Ik trapte naar het toestel. Mogelijk had ik een wanhoopspoging in gedachte om met mijn teen de keuzetoets in te drukken, of ik wilde het toestel draaien om het beeld te verbergen, maar er gebeurde wat anders. Ik trapte het krukje weg dat als onderstel diende, en ruggelings knalde de tv op de plankenvloer. Het kleine, bolle apparaat raakte de vloer, er barstte iets en met een eng geluid kraakte een glazen onderdeel kapot. Het scherm met een deel van de rand liet los van de kast en schoot plotseling naar voren. Scheef. Tegelijk gingen geluid en beeld verder. En terwijl het achterwerk van de tv zieltogend op de plankenvloer wipte en het scherm half omhoog, half naar voren gericht, schuin aan het toestel verbonden bleef, had ik de sterke gewaarwording dat het beeld letterlijk de kamer doorzeilde. Uitvergroot en minder scherp, maar geprojecteerd tegen de muur en de gordijnen, kwam het zeilschip los van het scheefhangende beeldscherm. Even hing het grootzeil hoog tegen mijn plafond en was de muur veranderd in de houten reling en het boord van het schip en zag ik duidelijk de halstouwen en het schootblok vlak langs mijn glazenkast zwiepen. Even voer ik met bonzend hart in de keel mee en toen werd de kamer verlicht door een felle flits en daarna was het volledig donker. Stop doorgeslagen, dacht ik. En in dat donker gloeide het beeld glashelder op in mijn hoofd: het zeilschip dat door de nacht voer, een of andere kapitein of stuurman die door de camera gezocht werd maar net niet in beeld kwam.

De volgende ochtend zag ik het chirurgijnspapier dat ik in de lijst van een poster had geklemd. Iets in mij knaagde hardnekkig verder. Hoe moest ik dat papier laten onderzoeken? Door wie? En belangrijker, wat had een onderzoek naar de ouderdom van dit papier voor zin? Zoiets kon alleen mijn ongelijk bewijzen, want zelfs al kwam het papier uit 1650, dan nog bewees dat mijn gelijk niet. Papieren uit 1650 waren er genoeg. Complete boeken waaruit je papier kon scheuren. Aan bewijzen had ik niets.

Met een pijnlijk gevoel besloot ik het aandenken te vernietigen. Ik liep naar buiten en gooide het papier, tot een vod gekreukeld, op het Lange Voorhout naast de prullenbak. Naast. Expres. Misschien dat het vodje ooit nog eens rollend als een roos van Jericho door het woestijnzand van de eenentwintigste eeuw, op me af zou komen en voor mijn kamer zou blijven liggen. Bevriend, bloeiend, met een boodschap die me in het gelijk zou stellen.

Een week na het debacle met mijn oude tv werd ik gebeld op mijn grafmobiel. Het bleek Marco te zijn, die kennelijk meteen begreep dat ik niet gediend was van zijn telefoontje. 'Niet verbreken, wacht nou. Het gaat niet om een afspraak.'

'Wat wil je?' vroeg ik zo bot mogelijk.

'Ik denk dat ik het weet. Wat jij daar hebt meegemaakt.' Hij struikelde over zijn woorden; hij klonk hees. Wat wilde hij? 'Heb je dat tv-programma gezien...'

'Marco, ik heb geen tv.'

'Er komt vanavond weer een deel. Over oude schepen. Een van die schepen heeft een ongeluk gehad en...'

Dit wilde ik niet horen. Ik drukte het gesprek weg en walgde zo van Marco, van zijn opdringerigheid en van zijn poging alles te verklaren, dat ik het toestel keihard tegen de muur kwakte. Het sprong terug en viel uiterlijk ongedeerd op de grond. Dit was niet voldoende. Alsof ik Marco's stem nog steeds hoorde, zo driftig pakte ik iets wat voor de hand lag, een steen die ik gebruikte als deurstop, en ik hamerde op het telefoontje, minutenlang, tot het eindelijk, eindelijk in onderdelen over de plankenvloer verspreid lag. Geknield en gebukt met de steen in mijn hand bleef ik zitten. Hijgend. Langzaam voelde ik de drift uit mijn lichaam wegtrekken.

De eerste beweging van mijn hand om de splinters bijeen te krijgen; de eerste traan die op de vloer tikte en een donker rood vlekje maakte. Jankend raapte ik de splinters op en verschoof ze van de ene plek naar de andere. Met de verzamelde stukken in mijn linkerhand probeerde ik mijn tranen weg te vegen en dus liet ik de hele boel weer op de planken vallen. Terwijl ik de splinters en de verwrongen onderdelen in een doos mikte, besefte ik dat ik ook mijn verleden aan gruizels had geslagen. Hier stonden de overgebleven nummers in, dit waren mijn klanten. Dit was mijn inkomen, mijn royale inkomen. Zonder dit toestel was ik opnieuw en nu onherstelbaar onbereikbaar.

Wat moest ik? Teruggaan naar China? In een ongetwijfeld verboden gebied een schip zoeken dat bij de bocht van een rivier lag? Welke rivier? Zo'n delta daar bestond wel uit tien van zulke rivieren. Het zou een hopeloze onderneming zijn, afgezien van de overtuiging dat dat schip daar 350 jaar geleden lag. In Den Haag blijven wilde ik niet. Ik had geen zin iedereen tegen het lijf te lopen.

Van Franklin, die ik op een lang voorbije ochtend in vredig licht in het café had zien zitten met een kelk jenever voor zich, hoorde ik dat hij onlangs een dienstbodekamer in Parijs had gehuurd. Rustig. Goedkoop. Hij gaf me adres en gegevens.

Hoe afscheid van mijn moeder te nemen? Ik liep uren op straat in de hoop haar tegen te komen. Na een vergeefse week pakte ik wat spullen en vertrok.

De kamer in Parijs stelde niet veel voor: een getimmerd hok op de achtste verdieping zonder enige versiering. De wanden hadden een geelgrijze kleur als van verschoten papier. Door het kleine tuimelraam hoog boven het bed, een vasistas, zoals de verhuurder het noemde, dat eerder een kattenluik was dan een raam, viel het daglicht naar binnen, en in de avond merkwaardig gekleurd en weerkaatst lamplicht van de verlichting buiten. Ik kon wel de lucht zien, maar geen gebouw, geen boom, geen blad. In de kamer stonden een bed en een stoel. Dat was al het meubilair. Er was geen mogelijkheid om te koken of te eten. In de kamer was geen water of elektriciteit. Een kleine wasbak op de gang mocht gebruikt worden, evenals een primitieve wc en een bidet, dat tot mijn verbazing ongeveer een meter verrijdbaar was en opzij gezet kon worden als je de wc moest gebruiken.

Op dat kamertje voelde ik me, na een dag door de stad zwerven, eindelijk rustig. Boven was het stil en door de kaalheid en het bed (niet meer dan een oude ondermatras op de grond en daarop een bovenmatras met sluimerrol en lakens, wel tweepersoons) raakte ik ver weg van het rumoerige uitgaansleven. Allerlei details beschreef ik in een klein boekje dat ik gekocht had. Over mijn dienstbodekamer, over de restaurants, over de mensen die langsliepen. Dat was ook het enige wat ik in die kamer kon doen: op bed liggen lezen en schrijven in mijn boekje, en merkwaardig genoeg maakte die geweldige concentratie van een bijna lege zolderkamer, kleren op een stoel en boekje en potlood bij de hand mij op een of andere manier gelukkig. Ik liep alle goedkope restaurants in de rue Saint-Denis af en in de regentijd zat ik overdag urenlang op een kop koffie in café Danton bij het Carrefour de l'Odéon.

De glazen pui van café Danton liep door in de hoek en de twee tafeltjes die daar stonden waren mijn lievelingstafeltjes. Sterker: ik wilde per se aan een van die twee zitten. Waren ze allebei bezet, dan wachtte ik buiten tot er een vrijkwam. De obers kenden me. De ene heette Dominique, afgekort Do; de ander noemde ik Plok, naar het merkwaardige kreetje dat hij slaakte als hij de koffie voor me neerzette en dat mogelijk 'alstublieft, één koffie' betekende. Vanaf die plaats in de glazen hoek, beschut door een zuil achter me, bekeek ik de passanten. Mensen die gehaast langsliepen van metrohalte Odéon naar de winkels en bedrijven in de straten daarachter. Na weken ontdekte ik individuen in die gehaaste, schuivende menigte. Opvallend geklede vrouwen, kantoorlui met een eigenaardige hoed of baard of bril, kinderen die naar school gebracht werden, zwervers. Langzaam ging ik ze herkennen.

Iedere dag liep een man langs, mijn leeftijd, niet gehaast, waarschijnlijk naar een winkel in de buurt, die bij het nemen van de bocht geïnteresseerd naar me keek en dan doorliep. Vanaf welk moment verbeeldde ik me dat die man leek op de zeventiende-eeuwse schipper? Op Constant van Hulst?

Ik hield de tijd bij. Kwart voor tien ging ik op hem wachten. Meestal duurde het niet langer dan twee, drie minuten voor hij passeerde. Soms sloeg hij een dag over, soms lette ik niet op, was ik verdiept in mijn aantekeningen.

Een week na mijn eerste herkenning kwam er een contact tot stand. Hij zag dat ik op hem lette, glimlachte en liep door. De volgende dag eenzelfde beweging, daarna bleef hij twee dagen weg. Toen hij opnieuw verscheen, zag ik dat hij voor de hoek al gluurde of ik op mijn vaste plaats zat en vervolgens zonder te kijken langsliep. Daarna een reeks dagen dat we elkaar even aankeken. De glimlach bleef weg of keerde plotseling terug, afhankelijk van de manier waarop hij zich betrapt voelde. Op een ochtend maakte ik een herkenningsgebaar. Mijn hand heffen en mijn vingers spreiden. Als een groet. *Even the devil wouldn't recognize you. I do.* Viermaal! Hij glim-

lachte en liep door. Dat ging nog een paar dagen zo
door en toen kwam hij niet meer. Een, twee dagen
niet verschijnen: dat was al eerder gebeurd. Had hij
kennelijk vrij. Maar een hele week wegblijven, dat
was nieuw. De week daarop verscheen hij ook niet.
Ik ging hem missen. Het was heerlijk door Parijs
te dwalen en ik vond het bevrijdend alleen te zijn.
Vreemd genoeg had ik dit uiterst vluchtige contact
prettig gevonden. Iedere dag had ik gewacht op zijn
komst, ik had ernaar uitgezien, en nu hij niet meer
langskwam, miste ik hem. Had ik me te veel opgedrongen? Had ik een gebaar gemaakt dat hij kon op-
vatten als een intimiteit? Als een ongewenste poging
tot kennismaking? Was hij schichtig geworden?

Elke morgen bleef ik wachten in het café bij het
Carrefour de l'Odéon. De rest van de dag bracht ik
door op mijn chambre de bonne. Ik oefende in het
overdoen van een deel van mijn leven. Zoals toen ik
acht was. Die kracht probeerde ik terug te krijgen.
Niet dat ik spijt had van mijn leven als telefoonhoer.
Integendeel, ik zou het zo weer doen. Maar dan om al
die klanten te leren kennen en om tussen al die mannen te zoeken naar die ene afwezige, de schipper uit
de zeventiende eeuw, Constant van Hulst, die mij gelukkig had gemaakt. En terwijl ik het overdoen oefende, beschreef ik in mijn boekje het uitzicht van
mijn vasistas: het kleine stukje van de lucht, soms
blauw, soms donkergrijs, soms onzichtbaar door
de sneeuw of de heftige regen. Want overdoen van

het leven heeft niet te maken met een groot gebaar, maar, zo wist ik uit ervaring, met de volmaaktheid van de details.